# 엄마의 붉은 바다

Red sea of Mother

아픔, 눈물, 회한, 평온… 3대가 쓴 소설 같은 자서전

# 엄마의 붉은 바다
## Red Sea of Mother

1대 최정숙
2대 양원숙
3대 이영미

지음

정출판

# 어머니의 자서전을
# 내면서

내 어머님은 자신이 살아온 일생을 글로 써서 다른 사람들에게 알리는 것이 죽기 전 소원이라고 하셨습니다.

당신의 삶이 남들과 너무도 다른 한편의 비극적 드라마 같기에 글로 써서 이 세상에 남기고 싶으셨나 봅니다. 팔십 세가 넘으신 고령에도 제가 마련해 드린 집에 홀로 살면서 광고지 뒷면이나 이면지를 구해 꾸준히 글을 쓰고 소중히 모아 놓으셨습니다.

소설 속에나 있을 법한 내용들을 폐지 뒷면에 쓰시다가 어느 날부터인가 새 노트에 옮겨 쓰기 시작했습니다. 집에 가보면 방한 가운데 항상 상을 펴놓고 글을 쓰느라 시간가는 줄 모른 채 노후를 보내고 계셨습니다.

글을 쓰느라 혼자 살아도 외롭지 않고 하루가 언제 지나가는 줄을 모른다며 이제 다 써가니 책을 꼭 내달라고 제게 거듭거듭 부탁하셨습니다. 나는 육십을 훌쩍 넘은 나이에도 직장을 갖고 있었고 늦공부를 더 하기 위해 대학원을 다니느라 주야간으로 항상 바빴습니다. 이런 저런 이유로 어머니 책을 출판해 드릴 엄두를 내지 못한 채 어머니가 부탁할 때마다

"알았습니다."라고 대답만 드린 상태였습니다.

어머니가 혼자 사시게 되면서 저는 어머니 생신날을 기념으로 엄마와의 모녀 여행 계획을 세웠고 그것을 실행에 옮겼습니다. 처음엔 친정어머니와 시어머니 두 분을 모시고 저와 셋이 여행을 갔었고 그 이후엔 엄마와 단둘만의 여행을 6년 정도 더 갔습니다.

　어머니는 여행가는 날을 소풍 가는 아이처럼 설레며 기다리고 좋아하셨습니다. 한데, 여행을 가서는 평생 살아온 당신의 한 많은 얘기를 나에게 몇 번씩이고 하고 또 했습니다.

　미수 되는 가을(2002년)의 어느 날 오후, 어머니는 뜻하지 않은 의료사고로 주무시듯 평안히 소천을 하셨습니다. 장례를 치른 후 어머니 집에서 장롱을 열고 어머니의 보물단지인 자서전 육필 원고가 담긴 누런 봉투를 가슴에 안고 집으로 돌아왔습니다.

　어린 시절, 계모에 의해 엉망으로 뒤바뀐 엄마의 슬픈 인생과 시집을 간 후 시어머니의 포악한 구박, 그리고 믿었던 남편의 외도로 한이 맺힌 삶을 이어온 피울음의 절규 같은 글을 어머니가 생각날 때마다 읽었습니다.

내 어머니가 여자로서 이렇게 힘들게 고생하면서 살았는데 하나뿐인 딸, 제가 그 마음을 헤아리고 위로해드리지 못했던 것과 더 잘 해드리지 못한 후회로 내 마음은 몹시도 괴로웠습니다.

돌아가신지 십팔 년이나 흘렀는데도 바쁜 생활을 이유로 어머니의 소원을 풀어드리지 못한 불효를 한탄만 하고 있다가 이제 저도 팔순이 넘고 보니 철이 들었는지 출판을 실행하려고 마음먹고 있었습니다.

작년 이른 봄부터 코로나19로 모든 일상생활이 힘들어지고 집에 있는 시간이 많아지자 바로 이때다! 하고 무언가 번뜩이며 머릿속을 스쳐갔습니다. 지금이 바로 어머니의 한을 풀어드릴 기회라는 생각입니다. 살아계실 때 못다 한 효도를 하는 마음으로 늦게나마 용기를 내어 출판 작업을 시작했습니다.

나와 똑같이 외할머니에게 책 출간 부탁을 받았었다는 둘째 딸과 삼대가 '할머니의 자서전'을 펴내 보기로 의견을 모은 뒤 우리들의 삶과 생각도 조금 써보자고 했습니다. 시작이 반이란 말이 실감나듯 다행히 진행이 순조로워 삼대가 이렇게 책을 낼 수 있게 되었습니다.

서문

세상은 바다와 같고 우리 인생은 항해와 같다는 말이 있습니다.

내 어머니의 삶은 인생이라는 조각배가 푸르고 잔잔한 바다 위를 항해한 것이 아닙니다. 피눈물이 모여 파도로 변한 바다 위에 칼바람과 험난한 물결이 무섭게 일렁이는 붉은 바다의 외로운 돛단배였습니다. 내 어머니의 일생은 속울음을 울며 어둡고 아픈 시대를 살아내야 했던 한 여인의 슬픈 소설입니다.

자식과 손자 손녀들을 훌륭히 키워주신 어머니가 하늘나라에서 너무 좋아하실 것을 생각하니 힘이 절로 납니다. 출판할 수 있도록 격려해주신 문우들께 감사를 드리고 저의 3대의 글을 소중히 평해주신 문학평론가 김우종 교수님께 진심으로 감사드립니다.

힘과 용기를 주신 하느님께 영광과 감사를 드립니다.

**2대 양원숙**

7

교직생활 2년차 때 1대와 2대

두 할머니께서 각각 큰 손녀와 둘째 손녀(3대)를 무릎에 안고

외할머니(1대)와 3대 이영미 돌날

2대가 교사로 처음 부임해서 맡은 2학년 5반 80명과 함께

3대 어릴 때 모습, 언니와 함께

2대 교사로 부임할 시절

늘 바쁜 엄마(2대)를 대신해서 손녀들과
1대 최정숙 여사와 큰손녀, 둘째 손녀(3대)

1대와 큰손녀, 3대가 창경원놀이

1대의 젊은 시절, 2대와 오빠와 함께

인천 자유공원 맥아더 동상 앞에서　　　엄마가 쉬는 날 두 딸과 함께 행복한 모습
2대와 네 딸 (아버지는 사진을 찍다)　　　　　　　　2대와 3대

주말이면 언제나 6식구가 여행을 하다(2대 가족)

딸 4명과 강화도 등반
마니산 정상 위에서

1대 외할머니 · 친할머니와 놀이동산에서
(3대 이영미)

0년, 가족을 위해 한평생 살아오신 아버지

"아버지, 傘壽를 진심으로

축하드립니다."

2대 남편의 팔순잔치
딸 4명과 사위 3명이 아버지의 팔순잔치를 성대히 차려 드림

2대 팔순 기념
네 딸과 9박 10일간의 멋진 여행(체코, 헝가리, 오스트리아)

# 2대 그간의 교직생활 흔적

국무총리상

문교부 장관상

행정구청장상(관악구청)

서울특별시교육감상

눈높이 교육상
(대교문화재단)

지역교육청장상

1995.12.15
국무총리상 수상(2대)

1997년
눈높이 교육상 (2대)
(대교문화재단)
부부가 같이 상을 받다

한국문인
수필부문 대상 (2대)

2003년 한국문학상
2대 수필부문 수상
〈청어 이야기〉

인천사범 졸업 60주년
기념 자리에서
감사패를 받다

삼성서울병원
소아환자를 위한
발전기금 전달 감사패를 받다
(2대 부부)

3대
영국 국립영화학교
졸업작품 촬영 중
촬영감독과

국립영화학교 졸업작품
〈Cabby〉 연출 현장에서
스탭들과

졸업작품 〈Cabby〉 촬영 중
배우와 연기에 대해
얘기 중

졸업영화 〈Cabby〉 촬영 중

첫 장편 〈사물의 비밀〉 영화 속 장면

〈사물의 비밀〉 일본개봉 포스터

〈사물의 비밀〉 한국개봉 포스터

# 차례

# 1대
## 故 최정숙

# 1대

## 故 최정숙

# 2대
## 양원숙

## 2대
## 양원숙

3대
이영미

# 1대
## 故 최정숙

· 1915년도 강화 출생

· 강화 국민학교 2학년 중퇴

· 16세 결혼

· 1남 1녀를 둠

· 외손녀 넷, 친손주 넷을 돌봄

· 평생 글쓰기를 즐겨하심

· 2002년 88세 영면

· 저서 : 3대 에세이집《엄마의 붉은 바다》

# 2대

### 故 최정숙의 딸 양원숙

· 인천 출생
· 인천 사범 본과, 방송통신대 유아교육학과,
중앙대학교 교육대학원 유아교육과 졸업(교육학 석사)
· 초등학교 교사(17년), 서울교대 교원 연수원 강사(7년) 겸임
· 은아유치원장(1977~2021년 현재)
· 〈수필과 비평〉, 〈현대문학〉 등단
· 한국문인, 국제PEN클럽 한국본부 회원, 한국문학회 前 상임이사

**저서**

에세이집 《청어이야기》, 3대 에세이집 《엄마의 붉은 바다》

**수상**

제29회 전국 신사임당 백일장 수필부문 장원(1997),
《청어이야기》 제4회 한국문학상 수필부문 수상(2003.3)

**포상**

초등학교 15년 연공상 표창, 교육구청장상,
관악구청장상, 서울시교육감상, 서울시장상, 문교부장관상(우수유치원 운영, 교재개발 공헌),
국무총리상(창의적인 교재개발), 눈높이교육상,
서울교육상(창의적인 수업개발 및 모범적 운영)

# 3대

故 최정숙의 외손녀 **이영미**

· 인천 출생

· 서울대학교 졸업

· 한양대학교 연극영화과 졸업

· 영국 National Film & Television School (국립영화학교) 졸업(석사)

· 중 · 단편 10편 연출, 이 중 4작품 28개 국제영화제 초청

· 영국 장편영화 〈노팅힐(1999)〉 후반작업 참여

· 2003 임형주 뮤직비디오 〈Salley Garden〉 연출

· 장편 〈사물의 비밀(2011)〉 연출 · 제작 · 각본

　위 영화, 모스크바 영화제 경쟁부문 진출, 몬트리올 등 10개 국제영화제 초청

　2012 LA 국제여성영화제 최우수상 수상

· 2021년 현재 영화사 (주)필름프론트 (주)사이팔 대표 & 감독

· 2021년 제9회 〈문학 秀〉 등단 및 신인문학상 수상

· 저서: 3대 에세이집 《엄마의 붉은 바다》

3대의 국민학교 졸업식날, 1대 2대 3대가 함께

소설 같은

인생 80대에 쓴

자서전

1대
___

故 최정숙

1대 故 최정숙 여사
손자 손녀 8명을 키우고 나서
딸과 여행 가서 찍은 사진

1부

나의 살던
고향은

# 나의 고향 집,
# 어린 시절

　강화군 강화읍 옥림리 왕리물 윗마을이 내 고향이다.

　내 어릴 적의 집은 아흔아홉 칸은 아니라도 대궐 같이 큰 집이었는데 집 앞에 넓은 논과 밭이 아스라이 펼쳐져 있었다.

　집 뒤로는 밤나무와 감나무가 빽빽이 들어서 있고 앞마당에는 황도 복숭아와 앵두, 살구나무와 사과나무가 있었다.

　봄이 오면 연분홍 꽃들이 화사하게 피고 가을이면 온갖 과일이 주렁주렁 열려 풍성하게 수확을 하곤 했다.

　울타리에는 오미자 넝쿨이 담장을 뒤덮었고 빨간 오미자 열매가 꽃처럼 아름다웠다.

　오미자는 잘 말려서 한약재로 귀하게 쓰인다고 어른들에게 들었다.

　이외에도 우리 집 마당이 워낙 넓어서 갖가지 꽃나무들이 엄청 많았다. 매화와 목련, 함박꽃과 백일홍, 봉숭아와 채송화, 나팔꽃 등등이 있었는데 그 꽃들의 이름은 내가 아주 어릴 때 어머니로부터 들었다. 지금 그 때를 생각해 보아도 나는 대자연 속에서 행복한 유년기를 보낼 만한 너무나 좋은 환경에서 태어난 유복한 아이였다.

가족으로는 할아버지와 할머니, 부모님, 오빠와 언니 그리고 나, 남동생과 여동생이 있으니 가족의 구성원을 보더라도 나는 행복의 모든 조건이 다 갖추어져 있기에 복된 가정에서 유년시절을 잘 보냈다. 아버지는 키가 크시고 인물이 잘 생기셨으며 강화군 관공서에 다니셨는데 제일 높으신 분이라 들었다.

유년시절 할머니를 따라 들로 나가 메뚜기와 잠자리를 잡고 들꽃을 꺾어 들고 밤나무를 흔들어 땅에 떨어진 밤송이를 주웠다.

손가락에 봉숭아 물도 들이고….

가을이 오면 감나무에 감이 주렁주렁 열렸다. 한 광주리씩 따다 놓고 온 가족이 둘러 앉아 꼭지를 따고 껍질을 벗긴 후 실에 꿰어 쭉쭉 늘어뜨려 줄에 걸어 말리면 맛있는 곶감이 되었다.

# 소녀
# 시절

　유년 시절부터 소녀기를 행복하게 지내는 동안 오빠가 장성하여 장가를 드니 새언니가 들어왔다. 새언니가 들어오자 행복했던 우리 집안의 분위기가 이상하게 변해갔다. 새 올케와 내 친언니가 자주 다투었다. 새 올케는 심성이 냉정하고 쌀쌀해선지 우리 형제가 새언니에게 마음을 붙일 수가 없었다.

　그렇게 시간이 지난 어느 날 의지하고 지냈던 나의 언니가 시집을 간다고 온 집안이 들썩거렸다. 그런 와중에 나를 예뻐하시고 늘 손을 잡고 데리고 다니셨던 할머니마저 노환으로 앓으시다가 땅이 꽁꽁 얼어서 무덤을 팔 수 없을 만큼 추운 겨울날에 돌아가셨다.
　우리 집에는 일꾼들이 많았는데 장작을 쌓아놓고 불을 지펴가며 언 땅을 녹인 뒤 흙을 잘 파서 하관을 했다.

　소녀 시절의 기억을 더듬으니 집안에 불운이 닥쳐 오는 듯한 불길한 기운이 감돈 것은 올케가 들어오고부터였다.

할머니가 돌아가신 뒤 엄마도 무슨 병인지 모르게 막내 동생을 낳자마자 앓아누웠다. 용하다는 양 의원과 한의원들이 집안에 줄을 서서 왕진을 왔다. 엄마의 병을 고치려고 백방 애를 써도 효험이 없자 점쟁이까지 불러들였다. 경을 읽는 사람까지 와서 둥둥 북을 치며 경을 읊었던 기억이 지금도 생생하다. 나중에는 무당까지 동원하여 푸닥거리를 하는 등, 해볼 수 있는 한 모든 방법으로 엄마를 살리기 위해 집안 어른들이 애를 쓰셨다.

어린 소녀인 나는 옆에서 우는 아기 동생을 안고 그때부터 슬픔이 무엇인지 느끼기 시작했다.

내 손위로 오빠, 언니 중 나와 제일 가까웠던 언니가 시집을 가서 외롭던 차에 할머니도 돌아가시고 이제 엄마마저 앓아누우니 나는 천하에 의지할 데가 없게 되었다.

바로 내 밑의 남동생과 새로 태어난 아기를 어린 내가 돌보지 않으면 안 될 지경이 되어버렸다. 앓아누운 엄마에게서는 아기 젖이 나오지 않았다. 젖을 못 먹어 배가 고파 보채는 아기에게 미음에 설탕을 타서 먹여도 보았지만 아기는 내 무릎에서 하루 종일 배가 고픈지 울기만 했다.

학교도 못 가고 나는 갓난아기 동생을 돌보았다.

엄마는 보채는 아기를 보고 울고, 아기는 배가 고파서 울고, 나는 이런 모습들이 안타까워서 울고…

국민학교 일 학년이 되어 공부가 한창 재미있을 무렵인데도 갓난아기를 돌볼 사람이 나밖에 없으니 학교에 결석까지 했다.

어린 나이지만 나는 엄마가 병으로 앓아누우신 것을 딱하게 생각했고 학교를 못 가는 한이 있어도 낮이나 밤이나 우는 동생을 업고 달래며 밤낮을 서성거렸다.

끝내 갓난아기가 죽었고 그 충격으로 엄마는 병석에서 목을 놓아 슬피 울었다. 엄마가 우는 모습을 보는 나도 너무너무 슬펐고 그렇게 슬픔이 계속되던 어느 날 결국 엄마마저 저세상으로 가버렸다.

내 나이 열 살도 되기 전에 할머니와 엄마, 갓난 아기 동생을 잃었다. 가장 가까웠던 세 사람의 죽음을 목격한 나는 마음을 다잡을 길이 없었다. 그렇게 이겨내기 힘든 슬픔 속에서 하루하루 보내고 있는데 아버지는 새 장가를 들어 새엄마를 데려왔다. 허지만 어찌된 일인지 아버지와 새엄마는 툭하면 싸웠다. 아버지가 성질이 나쁜 여자를 아내로 얻은 것인지 어른들 마음속을 알 수가 없었다.

가만히 들어보니 두 분이 다투는 사유가 나와 여섯 살 난 남동생 때문인 것 같았다. 전처소생인 나와 남동생이 눈엣가시가 되어 함께 살기 싫다는 것이 새엄마와 아버지가 싸우는 제일 큰 문제 같았다.

# 고모 찾아
# 십 리 길

어느 날 나는 하나 남은 여섯 살 남동생의 손을 잡고 십 리가 넘는 큰 고모 댁을 찾아 집을 나섰다.

새엄마의 학대가 날로 심해서 정말로 견디기가 어려워 우리는 도망치듯 집을 나왔다. 낯선 길을 지명만 알고 찾아가는 길은 두렵고 험했다. 지나가는 사람들에게 물어 물어서 십 리 길을 발이 부르트도록 걸어갔다. 우리는 고모를 만나자마자 복받치는 서러움에 얼싸안고 한참을 울었다. 고모도 우리 둘을 부둥켜안고 많이 울었다.

며칠을 고모네서 묵고 집에 다시 돌아왔는데 새엄마에게선 이전보다 더한 눈치가 보였다. 동생을 데리고 이번에는 이십 리가 넘는 이모 댁을 찾아 고모한테 가던 방식으로 물어물어 또 먼 길을 나섰다. 이렇게 어린 나와 동생이 방황을 해도 아버지와 새엄마 그리고 오빠와 올케언니는 우리에게 아무런 관심이 없었다. 집안의 그 어느 누구도 나와 동생의 마음을 조금도 따뜻하게 어루만져주거나 보듬어 주지 않았다.

어느 날 아버지는 집안의 분란을 견디기가 어려웠는지 일꾼들과 일하러 오는 아줌마들을 다 해고 정리하고 대궐 같은 우리 집을 팔았다. 그리고 오빠에게 홀로 남은 할아버지를 모시라는 조건으로 작은 집 한 채를 사주며 세간을 나게 했다. 나와 남동생은 당신의 누님에게 돌봐달라는 뜻인지 고모네 집 근처로 이사를 했다. 그것도 오래가지 못하고 우리 남매는 또다시 눈엣가시가 되었다.

새 마누라와 단둘이 살기 위해 재산을 다 팔아 정리를 하니 그 많던 재산이 순식간에 바닥이 나고 말았다.

더구나 새엄마는 계집애가 공부를 해서 무엇 하느냐며 아버지를 꾀어 나를 학교에 보내지 않았다. 동생을 돌보라는 새엄마의 특명은 끝내 나를 국민학교 이 학년으로 중퇴를 시켰다.

나는 유난히 공부하는 것을 좋아했고 주변에서도 똑똑하다는 소리를 많이 들었건만 국민학교 이 학년이라는 것이 일생 내 학력의 전부가 되고 말았다.

# 인천으로
# 이사를 하다

강화도에서 인천으로 아버지와 새엄마, 동생과 나 이렇게 네 식구가 이사를 왔다. 이곳에 와서도 아버지는 나를 학교에 보낼 생각이 없었다. 국민학교 이 학년을 끝으로 평생 나는 학교라는 곳을 영영 가보지 못했다. 그 후 나는 동생을 돌보고 새엄마를 도와야 하는 식모로 전락을 했다. 엄마가 죽은 후 얼마 되지도 않았는데 새엄마를 얻은 아버지는 가장으로서 아무런 힘이 없는지 딸자식을 국민학교 중퇴를 시키며 새 여자의 뜻을 하나도 거역하지 못하고 그대로 술술 따랐다.

해서 노년이 된 지금도 나는 이렇게 부르짖고 싶다.
"이 세상의 모든 어머니여! 자식을 위해 남편보다 더 오래오래 살아야 한다는 것을 명심하시오."라고.

점점 더 새엄마의 모진 학대는 끝이 없었고 살림을 하며 동생까지 돌봐야 하는 일은 어린 내게 벅차다 못해 힘에 겨웠다.

졸지에 식모가 되어 너무나 잔혹하고 불행한 이 시절을 나는 매일매일 눈물로 보냈다. 공부가 하고 싶어서 남의 어깨너머로 책을 읽었다. 공부를 그리워하며 책을 얻어다 일하는 틈틈이 읽으면서 그나마 위로를 삼았다.

새엄마의 미움과 학대는 날이 갈수록 심했고 나는 그렇게 사오년을 더 피눈물 속에서 보냈다.

# 삶의 종지부를
# 찍고 싶다

　사춘기가 오자 나는 집을 떠나거나 목숨을 끝내고 싶다는 생각도 했다. 내가 열여섯 살이 되자 눈에 가시를 빼려는 듯 새엄마는 아버지를 꾀어 나를 시집을 보내자고 계속 꼬드겼다.

　당시에도 주변에서 나처럼 이렇게 일찍 시집을 보내는 것은 흔치 않고 보기 드문 일이었다.

　동생을 남겨 두고 도망치듯 내가 시집을 가는 것은 가슴이 찢어지는 고통이었다. 의지하고 싶은 오빠마저 아버지와 똑같이 올케에게 쥐여 사는지 동생들에게 아무런 힘이 되어주지 못했다.

　아버지와 오빠는 둘 다 착한 것인지 아니면 바보들인지……

　아버지가 높으신 분이면 무엇을 하나.

　자기 딸도 보호를 못하는 무능한 바보.

　그래서 동화책이나 소설책에는 못된 계모 얘기가 많이 나오는 것인지, 이 세상에 좋은 새엄마도 많이 있을 터인데 나는 기구한 내 팔자를 원망하고 원망했다.

　얼마 후 오빠가 모시던 할아버지가 돌아가셨다.
　열여섯 살 어린 나이임에도 시집을 보내버리려는 새엄마의
음모에 아버지는 말 한마디 못하고 꼼짝없이 명을 따라 내게 시
집을 가라고 했다.
　시집을 가고 안 가고 같은 내 의견 따위는 아무 소용이 없었
다.
　나 또한 지옥 같은 이 집에서 벗어나고 싶었다. 다만 오직 나
를 의지하고 졸졸 따라다니는 어린 동생을 두고 집을 떠나가는
것이 마음에 걸렸다.

# 시집은
# 또 다른 올가미

나는 열여섯, 신랑은 열여덟 살이었다.

시집을 왔으니 시댁 식구들에게나마 따뜻한 마음과 사랑받기를 간절히 바랬다. 남편은 정직하고 인성이 반듯한 것 같았다. 사리분별이 정확한 사람 같고 인물 또한 훤칠하게 잘 생긴 청년이었다. 성격이 분명하고 셈이 바르며 감성이 많은 사람이었다. 그러나 산 넘어 산이 기다리고 있었다.

시댁에는 신랑의 외할아버지와 외할머니, 시아버지, 시어머니 네 분의 노인이 계셨다. 결혼하면서부터 병중에 계시는 시외할아버지의 병수발까지 들어가며 다시 또 힘든 나날이 시작되었다.

나는 시집을 가면 친정의 식모살이보다는 훨씬 몸과 마음이 편하게 될 줄로 기대했었다. 정성을 다해 병수발을 힘들게 하면서 몇 달이 지났는데 시외할아버지가 돌아가셨다.

남편은 시아버님을 많이 닮았다.

시아버님은 참으로 훌륭하신 분이신데 시어머니는 달랐다.

시집을 온 나에게 얼마나 질투가 심한지, 좀 이상한 성격이었다. 신혼인 우리 방에 들어와서 초저녁부터 아랫목에 앉아 졸다가 바로 그 자리에 누워 잠을 자곤 했다. 왜 그러는지 이해할 수가 없지만 아무 말도 못 하고 신방에서 늘 세 사람이 잤다.

세상에 듣도 보도 못한 시어머니의 심술 맞은 괴상한 횡포를 보면서 남편도 나도 아무 말을 못하고 당연한 듯 그렇게 신방에서 늘 셋이 살았다. 시어머니는 내게 아들을 빼앗겼다고 생각하는지 며느리인 나를 미워하다 못해 이상한 말로 아들을 꼬드기기 시작했다. 결혼한 지 얼마 되지도 않은 새 며느리인 내 험담을 하기 시작했다. 더 나아가서

"저애는 키도 작고 몸도 약하니 키 크고 훤칠한 새색시를 다시 얻어라" 하고 아들에게 보챘다.

시집온 지 몇 달도 안 된 나를 두고 새 여자, 즉 첩을 들이라는 시어머니가 정상인 건지, 내 가슴에 못을 박는 아픔보다 더 큰 괴로움이 밀려왔다. 세상에 아들이 첩을 얻을까 걱정하는 시어머니 말은 들어보았어도 신혼인 아들에게 대놓고 첩을 얻으라고 속삭이고 충동질하는 시어머니가 이 세상에 있다니 이는 집안이 망할 징조가 아닌가? 하는 생각이 가시질 않았다.

정숙 나는 할머을 따라 반되 가서 녹두 따고
면내 따고 잠자리잡고 연둑이도 잡고 앗도 따
고 참 잠미엇 섯다. 가을이면 감을딴이 따다
노고 할아버지 아버지 음빠 일군아적지들녀
안저 목직 따고 걸걸복거 쌀리에계비에 쇠여
서 말너면 곡갑이 됀다. 밤 응따다가 노이자
가 말너면 밤은주어단고 가시는 말여 섄다
언니 시집갈 때 개되여 따 중매로 지잡가게
되여따 잔최날을정해따 잔최날 이되 여따
음식 차러너라 분주하다 잔치날이 되여따
유씨장가 들셔 완따 초례을지내고 식사을하
고. 유씨는 말을타고 언니는가마 을타고 소메
게는 짐을싱고 자르아버지은 후왕을 가시
여따 집은언니 자리가 비여따 섭섭하다.
할머가 병이나 셔여따 약을써도 차로가업
스시다 노인병이라 별 차로가 업스시고 노인
병이라 겨울으을달에 돌라 가시여따.
겨울이라 쨍이너무얼어서 팔수가 업서
서. 장목을 싸노코 신뢰을 모셔여노고
몀을을 너노아 따가 땅이플닌뒤에

1대가 새 노트에 정서하신 글

2부

끝없는
불행

# 시어머니의
## 술주정

   나와 시어머니 사이에는 분명히 살이 낀 모양이었다.

   미워하는 게 심하다 못해, 따뜻한 밥상을 차려서 하루 세끼 바치면 받을 때마다 숟가락으로 국 대접을 휘저으며 간이 짜다느니 싱겁다느니 트집을 잡고 밥이 되다느니 질다느니 생야단을 쳤다.

   시아버지, 당신의 친정어머니, 남편, 시동생 등등이 밥상에 둘러앉아 있는데 가족들의 식사 분위기를 매끼마다 뒤집어엎었다.

   양반이신 시아버지는 어머니의 횡포를 수습하느라 늘 애를 쓰셨다. 시어머니는 자기 분을 못 이겨 술을 자주 먹더니 결국 술 중독자가 되고 말았다. 시어머니가 술 주사를 부리면 장정 대여섯 명이 시어머니의 손발을 들거나 어깨에 둘러메고 집으로 데려왔다.

   집에 오면 그냥 주무시면 조용할 터인데, 있는 대로 소리를 고래고래 지르고 음정 박자도 안 맞는 노래를 시작하니 그 시끄러움은 이만저만이 아니었다. 다음 날은 밥을 안 준다고 소리치고 밥상을 들여가면 입맛이 없으니 내가라고 소리를 쳤다. 그래서 밥상을 내가면 밥을 안 준다고 소리를 치고 다시 상을 들여가면 음식이 맛없다고 난리를 부렸다. 술기운에 당신 입맛이 없는 것을 모르고 내가 또다시 상을 차려 들여가면 맛이 없다고 다시 내가라고 소리쳤다. 이렇게 한 끼에 일곱 번 상을 올리고 내린 적도 있었다.

그뿐이 아니다.

시어머니가 술을 좋아하니 동네잔치라도 있는 날이면 으레 남의 잔칫집에서 고주망태가 되도록 마셔댔다.

대여섯 명이 또 시어머니의 사지를 들고 공중에 떠메서 데려오니 온 동네가 시어머니 때문에 소란스러웠다. 소란을 떨 때마다 동네 이웃사람들이 구경 차 대문 밖에 모여드니 너무 민망하고 창피했다. 고주망태가 된 시어머니를 방이나 대청에 뉘여 놓으면 그때부터 고성방가를 시작했다.

삼일이 멀다 하고 취하면 부르는 늘 똑같은 노랫가락이 있다.

"청천 하늘엔 잔별도 많고~ 이 내 가슴엔 수심도 많다~"

스무 살도 안 된 어린 색시지만 내가 생각하기에도 노래면 다 노래가 아니고 소리를 한다고 다 창이 되는 게 아니라 여겼다.

당신의 남편 (훌륭한 시아버지… 당시 철도청에 다니시는),
당신의 아들 (내 남편) 모두 탄탄한 직장을 다니니 남부럽지 않고, 큰 기와집에 (당시 초가집들이 더 많은 시절임) 누가 봐도 그만하면 부잣집이다. 그리고 곳간에는 쌀가마가 가득 채워져 있어 남들이 부러워하는 가정이고, 거기다 또 예쁘고 얌전한 (강화 부잣집 딸, 고위 공직자의 딸, 바로 나) 새 며느리가 순종을 하는데 왜 술만 먹으면 그 끔찍한 가사의 노래를 부를까?

참으로 시어머니를 이해하기 힘들었다. 어디를 보아도 시어머니 가슴에 수심이 있을 리가 없는데 매번 그런 노래를 부르고 있으니…

"이 내 가슴엔 수심도 많다"는 말이 씨가 되지 않을까 무서웠다. 술이 취할 때마다 부르는 시어머니의 노래를 들으며 '말이 씨가 된다'는 옛말이 떠올라 걱정을 많이 했다.

# 어여쁜 아기를
# 낳다


세월은 그렇게 불안하게 흐르고 온갖 시어머니의 학대 속에서도 임신을 했다. 아기를 가져 입덧을 하고 만삭이 되었건만 어디다 대고 힘들다는 말 한마디 못한 채, 시집온 지 이년 만에 나는 첫아들을 낳았다. 시어머니의 심술과 학대 속에서 이삼 년의 세월은 친정에서와 똑같이 판에 박은 듯 매일 매일 괴로움이 반복되었다.

시어머니는 귀여운 손자의 재롱을 아시는지 모르시는지?

아장아장 걷는 내 아들과 보내는 즐거운 시간들도 사치인 것인지 예쁜 아들을 보면서도 나는 많이 지치고 힘이 들었다.


손자는 귀여워도 며느리인 나는 미운가?

아직도 시어머니는 잔칫집만 가면 폭주를 했다. 술이 입에 닿으면 다시 또 줄줄이 들어가야 하니 부어라 마셔라 했다.

결국 중독자가 되어 술이 취하면 하루에 술상을 몇 번씩 대청에 올리라 했다. 상을 봐서 올리면 다시 뒤엎기 일쑤인데 나는 엎은 상을 정리해서 다시 술상을 차리고 이 무슨 영문인지도 모르고 로봇처럼 이런 일을 반복적으로 해야 했다.

이렇게 고약한 시어머니에게 벌벌 떨며 술상을 바치는 나를 보며 선하기가 이를 데 없는 시아버지는 마누라에게

"너 죄받는다, 죄받아"하며 혀를 찼다.

그래도 차마 마나님을 어쩌지 못하고는 나를 다독여 주셨다.

# 말리는 시누이가
# 더 밉다

시어머니는 술 중독으로 혀가 굳었는지 말도 못하고 끝내 앓아누웠다. 용하다는 한의원을 모셔오기도 하고 우리 집 약탕기에는 약이 끊이지 않았다. 온 집안에 한약 냄새를 풍기며 지극정성으로 달여서 탕약을 해드렸고 독을 뺀다는 녹두죽을 쑤어 조석으로 드리며 온갖 정성으로 병구완을 했다.

나를 구박한 것을 생각하면 죽게 내버려 두고 싶은 마음을 먹었다가도 병들어 누운 시어머니에게 동정심이 생겼다.

내 정성이 하늘을 감동시켰는지 말도 조금씩 하고 식사도 하며 좋아지기에, 쾌차하면 어머니가 변하기를 바랐다. 당신을 살려주었으니 고맙게 생각하고 회개하여 개과천선하기를 바랐는데 이 바람은 나뿐 아니라 온 가족과 이웃사람들도 같은 마음이었다.

시어머니는 손자들을 예뻐하면서도 술주정은 완전히 좋아지지 않은 채 또 세월이 흐르고 있었다.

그즈음 어떻게 해서라도 온 가족이 화목하게 살고 싶어선지, 아니면 고생 하는 나를 위로하고 싶어서였는지 남편이 온 가족이 함께 가는 여행계획을 세웠다.

신혼여행도 못 간 채, 몇 년을 기죽어 사는 나를 위해 강원도 산골 약수가 유명하다는 삼방사 샘물터로 가자고 했다. 시아버지께서 철도청에 다니셔서 기차여행이 좋겠다며 온 식구 무료 패스권도 받았다고 해서 기뻤다.

사랑채엔 늘 시아버님 친구분들이 오셔서 담소를 나누시곤 했는데 안채 시어머니의 못된 모습도 익히 아시는지라 친구분들이 집을 봐주겠다며 네 며느리에게 바람 좀 씌워주라고 했단다.

남편은 내가 좋아하는 것을 보고 가족여행을 적극적으로 추진했다. 이박 삼 일간의 여행이란다. 여행가는 날 시어머니는 또 못된 옛 기운이 살아났는지 나에게 말했다.

"넌 가지 말고 집을 봐야지" 한다. 아들이 세 살인데 아장아장 걸을 때라 엄마를 떨어지지 않으려 울고불고 매달렸다. 그럼에도 시아버지, 남편, 시동생, 어느 누구도 극성맞은 시어머니 하나를 이길 생각이 없는지 내가 집을 볼 수밖에 없다고 결정을 했다.

엄마를 붙잡고 안 떨어지는 세 살 아들을 남편이 번쩍 안았고 아이는 뒤를 보고

"엄마 엄마" 부르며 울면서 갔다.

나는 대문 밖에 서서 배웅을 하고는 울면서 집으로 들어왔다.

아-, 며느리가 미워도 그렇게 미울까?

어떻게 해서라도 나를 못 가게 하려는 시어머니에게 아무 말 한마디 못하고 절절 따라가는 시아버지, 남편, 시동생이 밉다 못해 너무 원망스러웠다.

때리는 시어미보다 말리는 시누이가 더 미운 법이다. 도대체 그들은 뭐 하는 사람들인지-

가족이 여행을 떠나고 없는 집에서 이박 삼 일간을 어떻게 보냈는지 지금 생각해도 소름이 끼치고 몸이 오싹해진다.

# 내게도
# 좋은 세상이 오려나

아들과 네 살 터울로 이듬해 봄 둘째로 딸이 태어났다.

그 당시는 아들, 아들 하는 시절이라 둘째도 아들이었어야
되는데… 그 시절 내 마음은 그랬다.

그 후 딸을 낳았다는 핑계로 구박받을까? 몹시 두려워 걱정
을 했는데 웬일인지 시어머니는 오히려 내가 딸을 낳아 좋다고
덩실덩실 춤을 추었다. 모두가 의아해했다. 알고 보니 당신 딸
이 아홉 살 때 채독이라는 병을 앓다가 세상을 떠난 일 때문인
것 같았다. 어린 딸의 죽음은 시어머니의 한으로 남아 있었던
모양이다.

의외로 시어머니는 당신의 잃은 딸이 환생이나 한 듯이 손녀
와 손자를 끔찍이 위하며 왕자와 공주처럼 예뻐하셨다.

남편은 자기 어머니가 사랑하는 아내를 몹시 학대하는 것을
마음 아파했다. 어머니가 너무 기가 세서 아들이 기권을 한 것

같다. 아내에 대한 미안함과 자기에 대한 심한 간섭과 지나친 과보호가 싫었는지 몰래 도망가듯 만주로 떠나고 말았다.

첫째 아들과 둘째로 태어난 눈이 크고 예쁜 딸의 재롱도 그의 발길을 잡지 못했다.

시아버지는 시어머니와 자주 싸웠지만 시어머니를 이길 수가 없었다. 남편이 떠나 속이 상했지만 딸애가 건강하게 잘 자라니 고마웠다. 심술 맞은 시어머니가 그나마 갓 낳은 손녀딸을 예뻐하여 다행이었다. 나 역시 딸의 재롱을 보며 시름을 잊을 수가 있었다.

친척 어른들이 오셔서 시아버지도 정년퇴임을 하여 일자리도 없고 남편도 만주로 가고 없는데 뭣 때문에 두 노인, 두 자식을 데리고 생과부로 힘들게 사느냐며 물어보신 때도 있다.

두 노인은 평택에 형님과 아우님이 살고 있으니 돈 좀 드려서 그리로 가서 살게 하고 두 남매만 데리고 오붓이 살라고 권면도 했다. 집을 팔아서 그렇게 하라고 하는데 나는 차마 며느리로서 그렇게 할 수 없다고 생각했다. 마음을 다잡고 꿋꿋이 시부모님 모시고 남매를 기르며 살겠다고 결심을 했다.

새파란 이십 대 초반 나이에 남편을 기다리며 모든 것을 참고 살았다. 남편은 올 생각도 없이 만주에서 여자를 얻어 딸도 낳고 잘살고 있다는 기막힌 소식이 들려오지만 눈물과 한숨으로 시부모님을 지극성성 모시며 두 남매를 키웠다.

시아버지께서 직업이 있었을 때는 곳간에 쌀가마가 잔뜩 있었다.

허지만 시어머니가 술을 안 먹는 날은 이웃집의 산모가 해산했다는 소식만 접하면 쌀을 자루에 몇 되씩 담고 긴 미역 줄기를 한 잎 두 잎 사들고 아이 낳은 집에 부지런히 갖다 주곤 했다.

여기저기서 해산 기미가 있으면 무조건 우리 집으로 먼저 소식을 알렸다. 이 일이 좋은 일이기는 하나 매번 곳간에서 퍼내기를 하다 보니 내 집 곳간이 텅텅 비기 시작했다.

모으기는 어려워도 있는 것 없애기는 쉬운가 보다.

얼마 가지 않아 가세가 기우니 쌀 곳간은 휑하니 비게 되었다. 결국 집을 팔아 기와집에서 초가집으로 줄여서 이사를 했다.

매달 생계비를 보내던 남편은 점점 소식이 뜸해지고 아이들이 다 학교에 진학을 하니 생활비가 늘어나 다섯 식구의 먹고 살길이 막막해졌다. 그때부터 내가 생계를 위해 발 벗고 나서야 했다.

생계를 책임진 나는 삯바느질로 밤을 새우고 행상도 해보고 공장에도 들어가 일을 했다. 당시 고위 간부로 와 있는 일본 사람 집에 가정부로 들어갔다. 일본인 집에서 내가 마음에 든다고 출퇴근이 아니라 입주를 원했다. 일주일에 주말만 집에 보내 주어서 우리 아이들은 영문도 모르는 채 엄마를 목이 빠져라 기다려야 했다.

매주 토요일 집에 와서 하룻밤 자고 일요일 밤에 다시 그 집으로 갔다. 딸애는 토요일을 손꼽아 기다리며 내가 집에 도착하면 너무 좋아했다. 그때는 어쩔 수가 없는지 시어머니가 마음을 잡고 집안 일과 식구들의 식사와 살림을 맡았다.

시어머니가 마음을 잡고 두 아이에게 극진히 잘해주셔서 아이들은 구김 없이 잘 자랐다.


내게도 좋은 세상이 오려나…

## 어이없는
## 남편 소식

남편이 만주로 가서 사업을 하며 외로워서 그러했겠지만, 내 딸과 동갑인 전남편 소생 딸아이까지 하나 있는 남의 집 첩을 데리고 산다는 청천병력 같은 소식이 들려왔다.

그 여자와 살면서 또 자기 딸 하나를 낳아 두 딸의 아버지 노릇을 하며 지내고 있다는 기막힌 소식을 들은 내 마음은 그 어떤 말로도 괴로움과 배신감을 표현할 수가 없었다. 그러나 잘 크고 있는 내 아들 딸을 생각해서 모든 걸 참았다.

어릴 때도 한번 가져본 마음이 있었다.
목숨을 끊고 이 세상을 마감할까?
남편의 기막힌 소식을 들었을 때도 딱 그 마음이 또 들었다.
허나 무럭무럭 학교에 잘 다니고 공부도 썩 잘하는 아들과 딸 때문에 순간일 뿐 스스로 생을 마감하는 마음을 먹을 수가 없었다.

일 년에 두세 번 아주 큰 배낭에 짐을 잔뜩 넣고 남편이 집으로 왔었다. 부모님 선물과 내 선물, 아들과 딸의 선물, 먹을 것, 장난감 등등을 가지고…

그가 올 때마다 이상한 것은 다음 날이나 다음다음 날엔 꼭 딸애의 학교에 행사가 잡혀 있었다. 소풍이 있거나 합창단으로 서울 방송국에 뽑혀서 가는 날 전날에 오던지 또는 학교 운동회 전전날에, 연락을 받고 온 듯 집엘 왔다.

몇 년 동안 어찌 그리 그런 날에 잘 맞춰 올까? 이상했다.

시아버지 말씀으로는

"손녀가 끌어들이는 복이 있는 사주니라. 손자가 그런 사주여야 될 텐데, 남자라면 한자리할 사주니라" 이렇게 손녀에게 축복의 말씀을 해주셨다.

시어머니가 제 정신이 돌아온 것 같은 어느 날 나는 용기를 내서 이렇게 물어보고 싶었다.

"당신 소원대로 아들이 첩을 얻어 사니 그리 좋으시냐."고.

# 8 · 15 해방을
맞다

 1945년 해방의 기쁨과 함성으로 거리마다 태극기 물결로 꽉
찼다. 시아버님도 장롱에 넣어둔 태극기를 들고 거리로 나가셨
다. 만주에서 일 년에 몇 번 집에 오던 남편이지만 나는 우리나
라가 해방이 되었으니 금방 돌아올 줄 알았다

 그러나 그토록 기다리던 남편은 오질 않고 소식도 없었다.

 해방을 맞아 본국으로 올 수밖에 없으니 같이 살던 여자와 헤
어지고 집으로 돌아오겠지 하고 나름 기대를 했는데−

 얼마 지나 그 사람이 한국으로 돌아왔다는 소식이 바람결에
들렸는데 당분간 서울에서 사업을 준비 중이라는 것이다.

 그 소식을 듣고 시아버님이 손자를 데리고 서울로 아들을 찾
아가 얼마인지 모르지만 돈을 좀 받아 오셨다.

 서너 달 후 남편이 집에 왔다.

 그동안 매달 생계비를 보내주었기에 집에 모아 놓은 돈이 있
겠거니 기대를 했는지 그 돈을 찾아 사업에 보태 볼 생각으로

시어머니에게 돈을 내놓으라고 했다. 돈을 모으기는커녕 그냥 다 쓰라고 보낸 돈인 줄 알고 시어머니는 남편이 보내준 돈을 흥청망청 써버렸다. 오지랖이 넓어 이집 저집 애를 낳는 집마다 쌀을 퍼다 주고 미역을 사다 주는 둥 푼수처럼 돈을 쓰다 못해 비싼 일제 그릇들을 사들이기도 했다.

우리 형편에 그런 그릇들이 무슨 필요가 있겠는가.

쓸 데 없는 것들을 사들이느라 집에 모아 놓은 돈이 있을 리 만무다.

이미 다 탕진했는데 남편은 모아둔 줄 알고 어머니에게 내놓으라면서 크게 화를 냈다. 중국에서 사업을 하듯 작은 회사 하나를 설립할 계획이었는데 수포로 돌아가자 실망하여 더욱 화를 낸 것 같다. 나는 그가 보내준 돈의 액수도 몰랐다.

어머니가 무서워서인지 아내인 내게 보내지 못하고 자기 어머니에게 보낸다는 것이 그리된 것 같다.

3부

배신감

# 남편의
# 딴살림

가세가 기울자 아들이 나를 돕겠다고 야간 중학교에 다니면서 오전에는 신문배달을 하며 돈을 벌었다.

딸애는 해방되던 해 국민학교 이 학년이었다.

해방 후 남편이 곧바로 집에 소식을 전하지 못한 것은 중국에서 함께 살던 여자와 아이 둘을 서울로 데려다가 나 몰래 딴살림을 차리고 있었기 때문이다.

시아버님이 손자를 데리고 서울 남편 집을 다녀오신 후에 그 집 주소를 내게 알려주셨다.

나는 그 집 주소를 들고 물어물어 서울 대화정이라는 곳엘 찾아갔다. 가기 전 분한 마음에 친정집에 가서 첩 이야기를 하니 모두 가만 안 두겠다고 벼르면서 동생과 조카, 사촌동생까지 세 명의 남자들이 나를 따라나섰다.

먼저 우리 일행과 남편이 이야기를 나누고 있는데 첩이 나가

더니 몽둥이를 들고 들어와 협박을 했다. 깡패를 부를지도 모르니 다치지 않으려면 조용히 돌아가라는 것이다.

남자들끼리 이런저런 이야기를 하는 중 갑자기 첩이 내 머리채를 잡고 뒤흔들었다. 악에 받친 나도 질세라 첩년의 머리채를 잡고 있는 힘껏 쥐어뜯었다. 그렇게 했어도 분이 안 풀렸다. 내 머리는 정수리 쪽이 뭉텅 빠져버렸다.

헝클어진 옷을 가다듬으며 맥없이 집으로 왔다.

남의 집 첩 노릇을 하는 여자가 오히려 본 마누라인 내게 더 큰 소리를 내고 내 머리채를 잡다니, 주객이 전도된 상황이 기막히고 어이없다 못해 가슴이 찢어지는 고통으로 아파왔다.

어쩔 수 없었다며 남편이 나를 달랬지만 배신감에 치가 떨렸다.

그 어떤 온갖 말로 변명을 해도 남편의 배신은 내 인생에 시퍼런 멍이 되었다.

나는 남편이 만주의 사업체를 정리하고 한국에 있는 집으로 돌아오면 다시 행복한 가정을 꾸밀 줄 알았다. 헌데 첩과 첩의 전남편 딸, 만주서 남편과 첩 사이에서 난 딸을 데리고 네 식구가 서울에다 새살림을 오붓하게 차리다니 생각할수록 치 떨리고 분했다.

만주서 올 때 돈을 건지지 못하고 쫓겨나듯 와서 빈손으로 집에 올 면목이 없었다고 남편은 말도 아닌 변명을 했다.

　그 후 남편은 다시 또 우리 가족을 버리고 서울로 떠났다.
　수입이 없어 경제가 어려워진 속에서도 남편은 그 여자와 삼
년을 더 살았다. 첩은 생활이 어려워지자 참지 못하고 남편과
두 딸까지 버리고 야밤에 짐을 싸서 몰래 도망을 갔다.

# 다시 합친
# 가정

　해방된 지 사 년 만에 남편은 아무 일도 없었다는 듯 서울 생활을 끝내고 첩년이 가출을 하자 딸 둘을 데리고 뻔뻔하게 우리 집으로 들어왔다. 내 딸은 국민학교 육 학년을 마치고 중학교에 가야하는데 예전처럼 기막히게 때를 맞춰 자기 아빠가 나타난 것으로 생각했을지 모른다.

　남편은 어느새 훌쩍 커버린 딸을 보며 죄책감을 느끼긴 했을까? 딸에게서 아버지 또는 아빠라고 들어본 기억이 몇 번이나 되는지. 딸은 자라면서 아빠 또는 아버지라고 불러본 기억이 별로 없다고 했다. 아기였을 때 보고 가끔 일 년에 한두 번 보던 딸이 어느새 반듯하게 잘 자란 것이 고마웠을 것이다.
　미안한지 아니면 딸의 꿈이 궁금했던지 남편이
　"이 다음에 무엇이 되고 싶니?" 하고 다정히 물어보곤 했다.
　"나는 선생님이 될 거에요"라고 딸이 서슴없이 대답했다.

아버지의 도리가 하고 싶었는지,

"인천에는 사범학교가 없으니 서울사범 병설중학교를 가야 하는데 서울까지 통학을 할 수 있겠냐?" 하고 또 물었다.

사울사범은 특차이므로 실력이 되어야 한다고 하자, 할 수 있다고 씩씩하게 대답하는 딸이 내가 옆에서 보기에도 든든했다.

어느새 저렇게 의젓하게 컸는지 그동안 내가 애쓰고 고생한 보람을 느꼈다.

남편이 딸아이 담임선생님을 만났다. 서울 특차 시험 후에 1차로 인천여중을 2차, 3차까지 원서를 넣으면 되지 않겠냐고 의논을 했는데 담임선생님께서 1차 인천여중 원서를 써놓았지만 서울사범 특차 원서를 또 써주셔서 원서를 잘 제출할 수 있게 되었다.

# 느닷없이 생긴
# 쌍둥이와 6·25 전쟁

서울에서 딸 둘을 데리고 왔으니 갑자기 자식이 넷으로 불어났다. 딸과 동갑인 남의 자식(첩의 전남편 소생 딸)을 데려오니 내 딸은 갑자기 쌍둥이가 되었다. 동갑내기 억지 쌍둥이 둘이 동시에 서울 아이들도 그렇게 어렵다는 서울사범 병설중학교 특차에 원서를 넣었다. 다행스럽고 자랑스럽게 둘 다 합격을 했다.

옛날에는 학교마다 아침 조회가 있었다.
인천 창영국민학교 교정에 전교생이 아침 조회로 모였다.
조석기 교장선생님께서 단상에 여학생(내 딸) 1명, 남학생 1명을 불러올리셨다. 여학생은 서울사범 병설중학교 특차에, 남학생은 서울서도 유명한 경복중학교 1차에 자랑스럽게 합격했다며 전교생의 우레와 같은 박수를 받게 해 주셨다는 얘기를 전해 듣고 온 가족이 기뻐했다.

아들도 낮에는 일하고 야간 중학교에서 야간 고등학교로 진학을 했다. 딸은 목표가 뚜렷하니 사범학교를 졸업하고 선생님이 되어 엄마 고생을 덜어드리겠다고 말하는 눈에서 빛이 났다.

남편이 만주에서 데려온 큰딸아이는 시어머니의 구박에 시달렸다. 내게 하던 구박이 그 아이에게로 옮겨 간 건지―

그 아이에게 시어머니 구박이 날로 심했는데, 도대체 도망간 첩의 딸은 무슨 죄란 말인가? 친손녀는 공주같이 대하고 만주에서 따라온 큰아이는 시녀같이 대하다 못해 사사건건 트집을 잡고 구박이 심했다. 시어머니의 구박 때문인지 이 아이가 내게 꽤 다정하게 굴었다. 아버지도 어머니도 피 한 방울 안 섞인 이 집에 와서 천덕꾸러기 신세가 되었으니 그 애도 어미를 잘못 만나 가엽고 평탄치 않은 인생이 된 것 같아 불쌍했다.

두 아이는 새벽 다섯 시에 일어나 아침을 먹는 둥 마는 둥 동인천역으로 뛰어가 기차를 타고 용산역에서 다시 갈아탄 뒤 서빙고를 돌아 왕십리에서 내렸다. 그리고 왕십리역에서 멀리 보이는 학교를 향해 달렸다. 그렇게 뛰어다니며 두 아이 다 일 학년 성적을 1반과 2반에서 각각 우등을 하고 2학년이 되었다.

사람이 목표가 뚜렷하면 힘이 솟는지 딸애는 고단하다거나 힘들다는 표현이 전혀 없이 밤 열한시까지 숙제와 예습 복습을 하고 열두시 넘어 잠자리에 들었다.

어머니가 자신이 보낸 돈을 모두 탕진하여 고심하던 남편이 어디서 마련했는지 서울에 차린 작은 사업체가 겨우 안정될 무렵, 이 나라에 6·25 사변이 일어났다. 우리 가족에게도 큰 시련이 닥쳐왔다.

쌍둥이 같은 딸아이 둘은 2학년이 되어 신나게 3, 4, 5월 신학기를 다니다가 6월이 되자 이십 여일이 넘도록 학교에 못 가고 있었다.

이유를 물어보니 그냥 학교 사정이라고만 했다. 그러던 중 6월에 전쟁이 나고서야 아이들이 학교에 못 가고 있었던 까닭을 자세히 알게 됐다.

그 시기에는 수업료가 선납이므로 1기분(3, 4, 5월)도 안 낸 채 2기분(6, 7, 8월)도 미납인 두 딸에게 학교 측에서 '정학'의 징계를 내렸다. 내 딸 하나의 학비도 어려운데 두 명 것을 내려 하니 내 힘에 벅찼다.

학비가 밀려 학교를 못가는 아이들의 심정은 또 어떠했을까?

내 몸이 떨리고 애들이 안쓰러웠다. 그렇게 우리 가정 경제가 속수무책으로 있을 때, 남편이 그냥 집에 있을 수가 없었는지 서울에 가겠다고 했다.

비록 직원들이 몇 명 안 되지만 유월 분 봉급 때문에라도 서울에 가봐야 한다는 것이다.

1대 | 故 최정숙

## 기약 없는
## 이별

남편은 시아버지의 베 바지, 베 적삼을 입고 옆집에서 자전거를 빌렸다. 노동자같이 보이게 한다며 밀짚모자를 눌러 쓰고 서울 사업장으로 자전거를 타고 갔다.

이미 한강다리가 끊어진 후라서 이번에는 한 열흘 뒤에나 집에 올 것이라 했다. 그것이 남편과의 마지막 영영 긴 이별이 되고 말았다. 아무리 집안사정이 어려워도 전쟁 중이니 가만히 집에 있지, 자기 발로 서울을 가는데 내가 잡지를 못한 것이 후회로 남았다.

가장의 무게가 그의 목숨을 걸게 했을 것이다.

시어머니는 매일 밤낮 소식 없는 아들이 윗길에서 내려올까 아랫길에서 올라올까 대문 앞 문지방에 넋을 놓고 앉아 깜깜할 때까지 하염없이 있었다. 내려오는 사람, 밑에서 올라오는 사람, 이쪽저쪽 쳐다보면서 아들이 오기만을 간절히 바라며 이때

나 저때나 아침부터 깊은 밤까지 대문 앞에 나가 앉아 기다리는 모습이 처량하기까지 했다.

시어머니가 그렇게 술을 퍼마시며

"청천 하늘엔 잔별도 많고 이 내 가슴엔 수심도 많다" 하던 그 말이 씨가 된 것 같아 나도 모르게 긴 한숨을 지었다.

나는 남편을 기약 없이 또 기다리는 아내가 되고 말았다.

신혼의 몇 년 그리고 해방과 더불어 잠깐 가정을 꾸미는가 싶었는데 아이 둘만 내게 더 보태주고 또 나를 기다리는 여자가 되게 하였다. 당장 시부모님, 아이들 넷, 나까지 일곱 식구의 생계가 걱정이었다. 전쟁 속에서도 남편 소식만을 침이 마르도록 기다렸지만 애들 아빠는 영영 돌아오지 않았다.

내 팔자는 왜 이럴까? 그 사람과 서로 떨어져 살 팔자인가?

아이들의 아빠가 소식도 없고 돌아오지 않자 어머니는 그 이유가 첩이 데리고 온 큰딸에게 있는 것처럼 애를 더 볶아대고 미워했다. 이 지경이 된 것이 모두 다 너 때문이라고…

그러던 어느 날 도망갔던 첩이 집에 왔다.

자기 자식들과 그간 내통을 했었는가 싶기도 하다.

큰딸의 친아버지가 애를 데려가 성을 바르게 찾아주겠다고 한다. 뻔뻔하게 그 애를 양씨에서 유씨로 만든다나?

사실 그 애는 우리 호적에 올리지 않고 있었다. 큰 애만 데려가니 작은 딸애가 의지할 데가 없는지 울면서 며칠을 보냈다. 그 후 작은 아이가 내 딸에게 큰언니, 큰언니 하면서 따르자 내 딸은 동생이 생긴 것처럼 잘 보살펴주었다.

열흘쯤 지났을 때 작은딸도 첩이 기르겠다고 데려갔다.

남편의 핏줄인 애인데 호적도 아주 가르겠다는 것이다. 양씨의 피가 흐르는데도 자기를 낳은 엄마가 좋은지 작은애도 망설임 없이 짐을 싸더니 따라나섰다.

나중에 들으니 동사무소에 가서 호적정리까지 했다고 들었다.

차라리 잘된 일이라고 내심 내 속마음이 편했다.

남편 없이 내 아들과 내 딸을 잘 키우기도 힘든데 첩의 자식들까지 넷을 키우기란 너무 벅차고 경제적으로도 힘든 터에 오히려 일이 잘 풀려서 감사했다.

아들과 딸의 혼인 때 내가 낳지도 않은 딸 둘이 호적에 있는 것이 큰 문젯거리가 될 수 있기에 마음이 홀가분했다.

다시 우리 가족은 시부모님, 아들, 딸, 나, 다섯 식구가 되었다.

## 피난을
## 떠나다


6·25사변이 일어난 지 몇 달 사이에 변화가 많았다.

인천 도시를 비우라는 지시를 내렸는지 너도나도 피난 행렬에 끼어 인천 시내에서 몇 십 리 떨어진 변두리 주변 이곳저곳으로 피난민 행렬이 줄지어 가고 있었다.

그때는 아들이 집에 있을 때였다.

우리 다섯 식구도 모두 큰 짐을 싸서 끈을 만들어 어깨에 지고 다른 짐도 등에 메고 집을 나섰다.

떠나기 전 혹시 남편이 집에 왔다가 식구가 아무도 없는 것에 놀랄까 봐 문학의 ○○댁으로 가니 그리로 오라는 글을 써서 붙여 놓고 출발했다.

큰 신작로는 피난 가는 행렬로 꽉 메워져 있었다. 모든 사람들 또한 피난 경험이 없기에 이삿짐을 싸듯이 살림살이 이것저것을 다 싸서 메고 지고 가는 모습이 암울하고 기가 막혔다.

시아버지는 식구들이 노상에서 잘 수도 있다며 이불 두 개,

요 두 개, 벽에 걸린 괘종시계를 지게에 얹고 걸었다. 걸음을 옮길 때마다 시계추가 흔들려 박자를 치듯 부딪치는 툭탁툭탁하는 소리가 났다. 시어머니는 당장 식구들이 쓸 수 있다며 깨지지 않는 양은그릇과 밥솥을 천에 싸서 들고 이불은 머리에 이고 나섰다.

나는 식구들이 입을 옷과 쌀, 보릿자루를 머리에 이고 등에 지고 아들과 딸도 한 짐씩 둘러메고 피난 행렬에 끼었다.


한 가족 다섯 명이 보조를 맞추며 많은 인파 속을 함께 걸어가기란 참 힘이 들었다. 그만큼 피난 인파가 대로를 꽉 메워서 걷고 있기 때문이다. 나는 연만하신 시부모님과 아직 성인이 안 된 두 아이를 보살피는 가장으로서 너무 힘이 부족했다.

만주에서 온 두 딸을 제 엄마가 데려가지 않았다면 더더욱 힘이 들었을 것이다.

두 애가 제 엄마를 따라간 것이 얼마나 다행인지—

그 아이 둘은 잠깐 왔다가 일 년 반도 못 살고 갔으므로 가까운 친척들도 복잡한 우리 집 사정을 모르는 분이 많다.


한참을 행렬을 따라서 삼십 리를 걸었다.

앞만 보고 걷다 보니 갑자기 시아버님이 안 보였다. 바로 앞에 두 갈래 길이 있어 이 길인지 저 길인지 몰라 우리 식구는 모퉁이에 짐을 내려놓고 할아버지를 찾았다. 급히 앞질러도 가보고 뒤로도 찾아 헤매며 목이 터져라 할아버지를 불렀다.

네 식구마저 서로 흩어질까 봐 함께 길가로 나왔다.

걱정을 하다가 길가 끝으로 가서 앉아 쉬고 있는데 한참을 앞질러 가시던 시아버님이 식구들이 안 보이자 다시 거슬러 올라오셔서 다행스럽게 잘 만났다. 이 일로 인해 한 시간쯤 지체했으므로 해가 질 무렵 어둑어둑할 때에서야 문학이란 마을에 도착했다.


언덕 위에 시아버님의 지인이 사셨는데 말이나 소가 기거하던 헛간을 깨끗이 치우고 바닥에 짚을 깔아놓은 곳을 내주어 다행히 우리 가족이 짐을 풀었다.

며칠이 될지 몇 달이 될지 모르는 피난 생활이 시작되었다.

아랫동네에서는 벌써 인민군들이 집집의 피난민을 점검하며 남자들은 모조리 붙잡아 간다는 전갈을 받았다.

차라리 우리 집에 숨어있는 편이 나을 뻔 했는지 떨리고 무서웠다.

이 동네 사람 중에 갑자기 완장을 찬 사람이 집집마다의 사정을 너무 자세히 잘 아니까 이집 저집에 청년이 있다고 알려주면 인민군들이 곧바로 와서 잡아갔다. 이런 일이 생길까 무서워 동네 사람들이 피난길을 택한 것인데 여기 사정도 똑같아 공연히 피난을 잘못 왔는가 보다 하는 후회도 들었다.

우리는 얼른 고등학생 아들을 헛간 벽 사이에 들어가 숨게 했
다.

벽에 허술한 문짝을 주워서 가려놓고 그 속에 꼼짝 말고 있게
하였다. 인민군들이 집집마다 샅샅이 뒤지기 시작하는데 우리
가 기거하는 집은 윗동네라서 그곳까지 오기에는 많은 시간이
걸렸다.

몇 명이 완장을 차고 와서 안방, 건넌방, 사랑채 다 뒤지더니
큰 마당 구석 외양간에 발이 쳐 있었는데 그걸 들치고 우리를
들여다보았다. 할아버지, 할머니, 손녀딸이 태연한 척 앉아 노
는 모습을 보며 나를 힐끔 보더니 무서운 말투로

"남자 없어?" 한다.

"서울에서 이북으로 갔는데요." 라고 말했다.

인민군 무리는 이 동네를 빠져나가며 대여섯 명의 젊은 남자
들을 조사할 것이 있다며 끌고 갔다.

며칠이 지났는지 날짜 가는 것도 잊었는데 그 사이 인민군들
이 다 사라졌다. 피난민들은 영문도 모른 채 다시 그 무거운 짐
을 지고 살던 집으로 가도 된다는 말에 모두가 집으로 떠났다.

역시도 밥을안준다고 하신다 밥상을들여가
면 도업식 만업다고 내가타고 한다 도밥안주
다준고 밥상을들여가면도 업식만업 싸고
내가라고 한다 도밥안준다고 한다 또들여가
면도 업식 만업 싸고 내가라고한다 일군반
이나 내보내쌋 그것슬보 천척아저씨가지
반는다 체반는다 제반는다 밥상을절대로
들여가 지말라 일군번 내보내 야 한단말이
애 시 어머은 로술이암 너체하 시여다 말도
못 하시고 소주물이나 시여쌋 말도못하고
반편갓치 데서엿쌋 아버님은 야만치시고
인는데 생각 하니병을 고처야 하는데 내가못
하면 할사람은 나박게 업스니 고처야지
나박게 업스니 아들도집에 업고 내가 한의염
에 가서 자세이 이약기하 여드나 내가가
서 맥을집허보야 한다 해서오시고올오는되걸
어서 안오시고 일여고 타야 온다나 용동에서
잉여고 삯이 700원인것 갓쌋 참 빗싸다
내나이 40도못되엿쌋 으원넘이맥을다보안
는데 어렵다며 약이나 세철간쌋 줘보라 며약
세철 에옷돈니면 가망이엽다 해서 가니약

4부

삶의

수를 놓다

# 인천 상륙작전과
# 1·4 후퇴

우리 가족도 걷고 걸어 인천 우리 집으로 돌아왔다.

이제 고생이 끝인가 싶었는데 웬일인지 B29 폭격기가 저공 비행을 하며 하늘에 굉음을 내더니 인천 바다에서 육지를 향해 어두운 밤에 함포사격을 했다. 그것은 맥아더 장군의 9.15 인천 상륙작전이었다고 나중에 들었다. 집에서 그 광경을 모두 목격 했었다.

지붕 위로 큰 폭탄이 날아가고 큰 따발 총알이 불꽃을 일으키 며 먼 곳으로 날아갔다. 우리 동네 사람들은 집안 마루 밑 방공 호에서 무서움에 떨며 나가지도 들어가지도 못한 채 꼼짝없이 전장의 무서움을 밤새도록 보고 또 들었다.

새벽이 밝아오자 함포사격이 조용해졌다. 그때 UN군이 인천 에서 서울까지 서울에서 더 이북까지 밤새 밀고 올라가 인민군 이 이북으로 도망쳤고, 한쪽에서는 인천에서 남쪽으로 UN군이 인민군을 금강 하류까지 밀고 내려가 모두 포위를 했다는 소식이었다.

인천 상륙작전이 대성공을 거두었다고 했다.


집에 와서는 이때나 저때나 온 가족이 남편을 기다리면서 세월을 보냈다. 그런데 전쟁이 또 시작됐는지 1·4 후퇴명령이 내려졌다. 중공군이 인해전술로 치고 내려온 것이다.

아들은 다니던 미군부대에서 부산으로 피난을 가자고 해서 함께 떠났는데 잘된 일이었다. 다시 후퇴 명령이 내려져, 온 동네가 떠들썩하게 짐을 또다시 바라바리 싣고 긴 피난 행렬에 끼었다.

남자라면 중·고등학생도 붙잡아가니, 아들이 미군 부대를 따라가게 된 것을 천만다행으로 여기며 우리 가족은 안심을 했다. 다행히 시아버지의 큰 형님과 동생이 사시는 부농의 마을 경기도 평택군 서탄면을 걸어가면 5일 정도 걸린다고 하여 큰댁으로 갔다.

이때도 떠나기 전 대문에 행여 남편이 오면 우리를 찾아오라고 전과 같이 평택 큰할아버지 댁 주소를 써놓고 떠났다.


피난 가는 사람들은 큰 도로가 꽉 차도록 구름같이 모여 걸어갔다. 아침부터 온종일 걷다가 걸을 수 없는 밤이 오면 길가에서 또는 근처 집 헛간이나 마루에서 하룻밤 눈을 붙이고 대강 끼니를 해결하고 다시 또 출발을 했다. 거리에는 피난길에 가족을 잃어버리고 울고 있는 어린아이들이 참 많았다.

그렇게 매일 걷다 보니 한 닷새 걸려서 목적지에 다다랐다.

그때는 강물도 말라서 시냇물처럼 졸졸졸 흘렀다.

시냇물 같은 개울 여러 개를 건넜고 야산도 넘고 넘어 지름길을 찾아 논두렁 밭두렁을 가로질러 걸었다.

그곳 지리는 시아버지가 어려서 살던 곳이라 착오 없이 잘 찾아 갔다.


드디어 평택군 서탄면에 도착했다.

서울서 긴 행렬이 논두렁 밭두렁 길 위를 걷고 또 걸어가 겨우 집을 찾아 들어가 미처 짐도 못 풀었는데, 시아버님이 힘들다며 방으로 들어가 아랫목에 앉아 지친 듯 쉬고 계셨다.

가는 날이 장날이라고 그 동네 마을 전체가 전투기의 큰 폭격을 당해 아수라장이었다.

피난민들은 우리처럼 일가 친척집에 가는 사람들도 있지만 목적지도 없이 막연히 길을 떠난 사람들이 더 많았다.

피난 행렬을 보고 전투기가 낮게 날아와 폭격 세례를 했다. 다행히 우리는 큰댁 집안에 들어가 있을 때였다.

마을 밖에는 아직도 피난 행렬로 가득 차 있었다.

갑자기 꽝! 하는 굉음이 울리자 아랫목에 앉아계시던 시아버님이 윗목으로 날아가 퍽하고 떨어졌다.

시아버님이 앉아 계시던 아랫목 앞 창호지 문 바로 밖에 소죽 쑤는 큰 가마솥이 산산조각이 났는데, 문창살 하나 사이를 두고 시아버님은 폭격의 힘으로 아랫목에서 윗목까지 날아갔지만 무쇠 가마솥만 산산조각 났을 뿐 우리 가족은 누구 하나 손끝도 다치지 않았다.

하느님이 우리 가족에게 기적을 베푸셨다.

전투기가 저 비행으로 기관포 사격을 하며 지나가자, 피난민들의 수많은 시체들이 겹겹이 지게에 실려 왔다.

그 동네 주민들은 시체를 이동하고 치우느라 많은 애를 썼다. 총탄을 피해 피난을 온 것이 아니라 오히려 화를 입고자 이곳으로 피난을 온 듯했다.

몇 날 며칠을 길에서, 남의 집 추녀 밑에서, 마당에서 헛간에서 지내며 남쪽으로 내려오는데 여기저기 사방에서 슬피 우는 곡소리가 들렸다.


다음날이 되자 여기저기서 큰할아버지, 작은할아버지의 자손들이 모여들어 삼사십 명의 대식구가 되었다.

대식구가 큰댁 집과 붙어있는 뒷산 큰 방공호에 빽빽이 들어앉아서 밤이나 낮이나 함께 지냈다. 폭격이 없을 때 살짝살짝 밥을 해서 김치 등 반찬 한두 가지를 큰 그릇에 담아 방공호에서 매끼 식사를 했다.

큰댁에서 농사지은 것을 몇 달씩 편히 잘 먹고 염치없이 보냈다.

긴 겨울을 그렇게 보내고 인천이 안전해졌다는 소식을 듣자 집으로 다시 걸어오는데, 올 때는 날이 그리 춥지 않았다.

내 집에 오니 참 좋았다.

딸은 피난 전에 시장에 나가 장사하던 밑천을 돈주머니에 넣어 허리에 차고 피난을 떠났고, 피난을 가서 몇 달 있는 동안에도 잘 관리를 했다. 잠들었을 때 보면 팬티나 잠옷 속에 주머니를 만들어 고무줄을 허리에 차서 꽁꽁 감추고 있었다.

나와 시어머니 외에는 그 비밀을 아무도 몰랐다. 다시 서울에 가서 돈을 벌어야 학비를 댈 수 있으니까.

시어머니는 손녀딸의 기특함을 표현하고 싶은지 자는 딸아이의 엉덩이를 항상 두드리며 대견해 했다. 새색시 때 내게 그 못된 성질을 부리던 시어머니는 어디로 갔는지, 착하고 인자하고 손자 손녀를 왕자와 공주같이 대접하시는 좋은 할머니가 되어 있었다.

이웃들도 어디로든지 피난을 갔다가 거의 다 다시 돌아온 듯했다. 우리가 사는 동네 화수동은 인천 바다의 부둣가가 그리 멀지 않은 동네였다. 집 뒷동산에 오르면 바다도 멀리 보였으니까…

전쟁이 끝났다고 하지만, 군사 분계선이 생기고 휴전을 했다.

언제 그랬느냐 싶게 나라 안이 조용해졌다.

# 꿈을 향해
# 도전하는 아이들

전쟁이 끝났는지 조용했다. 그러나 모든 사람들이 먹고 살 일이 태산 같은 걱정이었다. 우리 식구도 예외가 아니다.

아들은 부산 미군부대에서 육군정훈학교를 다니고 졸업하면 육군 장교가 될 것이라 했다.

딸은 피난 중에도 소중히 허리춤에 차고 다녔던 장사 밑천으로 시장 모퉁이에 앉아 과일을 받아다가 곧바로 장사를 시작했다.

그 무렵 다니던 학교가 서울이니 지금 상태에선 통학으로 중학교를 마치기가 어렵다고 생각되어 큰 근심을 하고 있었다.

바로 그때 전쟁 통에 고향을 떠나 전국으로 흩어져 사는 사람들이 많은 터라, 정부에서 학생들을 위한 긴급 교육방침을 정했다는 소문이 들렸다. 모든 피난민 학생들에게 현재 사는 곳에서 어느 학교든 학생들을 같은 학년으로 받아주어 학생들이 계속 학업을 이어 가도록 구호 조치를 내렸다고 하니 안심이 되었다.

자세히 더 알아보니 자기들이 다니던 학교의 학년을 이어서 전국 어디서든 가까운 학교에 청강생으로 수료를 하거나 졸업을 한 후, 그 증서를 본래 다니던 학교에 제출하면 본교 서류로 교환하여 준다고 했다.

우선으로 내가 해야 할 일은 딸애가 다니던 학년을 이어서 학업을 계속하게 하는 일이었다.

인천에 있는 여자중학교를 찾아 나섰다. 피난 온 학생들이 많아서 중3으로 편입하여 다니려는 학생들로 넘쳤다. 이미 한 반에 백 오십 명도 넘어 운동장 가장자리에 큰 천막을 치고 바닥에 돗자리를 깔고 수업을 하고 있었다. 우리가 소식을 너무 늦게 접하고 신청을 해서 더는 뽑을 수가 없다고 했다.

다시 다른 여자중학교를 찾아 나섰다. 그곳에서도 삼 학년은 이미 다 차서 받을 수 없단다.

가볼 곳이 딱 한군데 남아서 무지 애가 탔다.

다음날 그곳을 찾아갔는데 딸이 다니기엔 거리가 좀 멀었다. 하지만 입학이 가능하다기에 삼 학년으로 편입학을 신청하였다.

딸이 먼 길을 걸어서 삼 학년 과정을 마치고 졸업을 하게 되었다. 졸업식장에 나 혼자 학부모 석에 앉아있는데 엄마로서 내 가슴이 한껏 벅찼다. 사회자가 공동으로 일 등이 두 명이라며 내 딸 이름과 그 학교 본교생 한 명 이름을 부르니 단상에 두 애가 나란히 올라갔다. 교장선생님 말씀이 한 명은(내 딸 이름을 대며) 서울사범 병설중학교를 다니다 청강생으로 졸업을 맞았다고 설명을 했다.

우리 학교에서 청강생에게는 우등상장만 수여하게 돼 있다고 했다.

공동 일등을 한 신ㅇㅇ라는 아이는 우등상은 물론 경기도 도지사 상까지 받았다. 내 딸은 졸업장만 있으면 서울사범 병설중학교 졸업장으로 바꿀 수 있기에 도지사 상을 못 받아도 크게 불만이 없었다. 온갖 어려움 속에서 중학교 졸업장을 받았으니…

이제 서울사범학교 본과를 갈 수 있으니 그렇게도 소망하던 희망이 보인다고 좋아하는 딸은 자기의 꿈이 곧 이루어진다고 자신만만해 했다.

# 한 땀 한 땀
# 수를 놓다

딸은 어릴 때부터 자기가 돈을 버는 일선에 서야 한다는 결심을 했었나 보다.

졸업 후 개학까지 쉬는 기간이 한 달 이상 남았는데 그냥 놀지를 않았다. 수예점에 가서 벽면에 옷걸이가 쭉 있으면 그 위에 커튼처럼 가리는 큰 헝겊 횟대 보에 수놓는 일을 시작했다.

홑이불 감에 큰 용이 두 마리 마주 보는 그림의 큰 수를 수예점에서 받아다가 밤늦도록 수를 놓았다. 어느 날은 새벽 두 시까지 수를 놓으면서 돈을 모았다. 고학생들이 할 수 있는 일이란 그 당시 수예방에서 수놓는 것, 양탄자 털실을 스킬로 뽑아 직접 꾸미는 일, 벽걸이에 수놓는 것 등이었다. 곧 고등학교에 가려면 돈이 필요한 것을 알기 때문에 열심히 낮이나 밤이나 쉬지 않고 수를 놓았다. 딸이 6·25 전쟁 직전 서울사범 병설중학교 이 학년 때 학비를 못 내 정학까지 받고 두어 달 학교를 못 가고 집에 있었던 아픈 기억을 잊지 않고 있기 때문인 것 같다.

다른 아이들은 길에 나와 고무줄놀이가 한창이고 집 밖에서 또래들이 노는 소리가 들려도 요동 없이 수를 놓고 있는 딸 모습을 보며 나는 속울음을 울었다.

며칠 후 이웃 어른이 서울에 볼일을 보러 간다기에 인천에서 받은 여중 졸업증서와 성적 증명서를 주면서 부탁을 했다. 그분은 서울 왕십리 끝에 있는 서울사범 중학교를 일부러 찾아가 서울사범 병설중학교 졸업증서로 바꾸어 가지고 오셨다.

아버지도 없이 어려운 중에 딸이 중학교 졸업을 했으니 대견하고 감개가 무량했다.

딸애가 낮이나 밤이나 수를 놓아 한 푼 두 푼 돈을 모으는 것이 안타까워 내가 전에 공장 다닐 때 알던 분께 부탁을 했다.

고맙게도 어느 큰 무역회사의 사환으로 넣어줄 수 있다고 했다. 다행인 것은 중학교 졸업생 이상을 뽑기 때문에 자격이 되어 다음 달부터 바로 출근을 할 수 있는데, 몇 년을 성실하게 다니면 여사무원으로 승진도 할 수 있다기에 나는 딸애를 잘 설득했다.

네 꿈과 목표가 있다 해도 우리 형편대로 살자고…

네가 너무 고생하는 것 보기 싫다고…

그러나 딸은 내 말을 들은 척도 안 하고 수놓는 것을 접고 다른 방법을 찾아보겠다고 했다. 그때 고등학교 입학원서를 넣고 합격하면 서울사범 본과로 통학을 해야 하는데 우리 집은 모든 조건이 어려웠다. 걱정만 하고 있을 때 기쁜 소식이 들렸다.

개성 사범학교가 인천으로 피난을 와서 '인천사범'으로 이름을 바꿔 문을 연다는 것이다. 금년에 뽑는 학생은 본과 3회라고 했다. 이미 고등학교 삼 학년까지 마친 남·여학생은 '연수과'로 들어와 일 년 과정을 마치면 국민학교 교사로 발령을 내준다.

딸은 인천사범학교 본과 일 학년으로 입학해서 본과 삼 년 과정을 마치면 국민학교 교사의 자격을 얻는다고 너무 좋아했다.

"난 역시 복이 있어" 하면서

교회도 안 다니는 딸이 '하느님이 나를 도우신다'며 말끝마다 "하느님 감사합니다." 를 큰소리로 외치곤 했다.

# 장사에
# 눈을 뜨다

 딸은 입학 날짜가 발표되자, 이미 시장 끝자락에서 미군 물건을 좌판에 진열해 놓고 장사를 하는 또래 친구들과 만나 손을 잡고 좋아했다. 장사하는 딸 친구들이 다섯 명인데 그 중 국민학교 동창이 한 명 있었다. 그 애가 딸보고 너도 와서 함께 장사를 하자고 했다. 시장을 오고 가는 행렬이 꽤 되는 시장 끝자락의 큰 쌀가게 앞에 세 명, 길 건너 앞의 큰 고기집 앞에 세 명이 좌판을 폈다.

 장사에 눈을 뜬 딸아이도 가게 출입구만 막지 않았을 뿐 아이들 세 명이 양쪽 가게 전면에 행상 좌판을 벌인 것이다. 쌀가게 할아버지와 할머니, 그 집 큰아들은 쌀사러 오시는 손님이 들어올 출입구만 막지 않으면 된다고 허락을 해주었다. 건너편 고기집도 고기 사러 오는 사람이 드나들 입구만 있으면 된다고 허락해 주었으니 얼마나 고마우신 분들인가?

 아이들이 기특하다며 배려를 해준 것이다. 이 아이들과 나이가 비슷한 자식들이나 손자가 있어서 전쟁 후 사회가 난리 중이라 마음 써 주신 것 같다.

집에서 가까운 거리에 있는 큰 재래시장이라, 친구들이 모여 좌판을 짜고 물건을 받아다 진열을 하면서 장사하기에 좋았다.

좌판을 놓고 의자에 쭉 앉아 있는 아이들이 시장을 오가는 사람들의 눈길을 끌었다. 아이들 여섯 명 중 다섯 명이 중학교 졸업을 했으므로 인천사범 본과에 원서를 함께 넣었다. 인천 사범학교는 시내에서 많이 떨어진 변두리 숭의동에 자리 잡았다.

한 명을 빼고 동갑내기 다섯이 함께 고등학교 입학시험을 치르고 한 달여 기간 합격자 발표를 기다리며 장사를 열심히 하였다.

그때 마침 부산에 있는 아들한테서 편지가 왔다. 주 내용은 인천 시내에 개성사범이 이름을 바꿔서 인천사범으로 문을 열었으니 동생을 인천사범 본과에 원서를 넣고 시험을 보게 하란다.

편지를 받았을 때는 이미 인천사범 원서를 냈을 때였다. 역시 일이 풀린다는 생각이 들었다.

# 남편 소식을
# 듣다

아들은 아버지 소식을 들었다며 편지에 덧붙여 이렇게 전해 왔다. 휴가 때 부산 자갈치 시장에서 아버지의 친한 친구분을 우연히 만났는데 아버지가 이북으로 납치되어 끌려갔다는 소식을 들었다고 했다.

나는 애들 아빠의 불행한 납북 사실을 알게 되었다.

친구분들 여러 명이 서울에 모여 있었는데, 아무런 이유도 없이 인민군들이 그들을 잡아 트럭에 싣고 이북으로 끌고 가는 중 그 친구분은 모퉁이를 돌 때 목숨 걸고 차에서 뛰어 내렸단다.

깜깜한 밤중에 트럭에서 뛰어내려 밭인지 논인지 모르는 땅을 구르고 굴러 죽은 듯이 있었는데, 트럭에서 인민군이 총을 몇 발 쐈으나 달리던 차가 그대로 달려가는 바람에 자기는 살아 돌아왔다는 것이다. 너의 아버지는 다른 분들과 트럭 안쪽에 타고 있어서 뛰어내리지 못하고 그대로 이북으로 납치된 것이 확실하다고 전해 주었단다.

아들이 날보고 더는 아버지를 기다리지 말고 잊어버리라고
했다. 그 말을 들은 나는 크게 동요하지 않았다.

당장 내 앞에 딸아이가 사범학교에 합격해야 하는 간절한 소
원이 있었기 때문이 아닌가 생각한다.

아들에게 이미 인천 사범학교에 특차로 원서를 넣고 기다리
는 중이라고 답장을 보냈다.

며칠 후 인천 사범학교 본과 1학년 합격자 발표 날, 모녀가
떨린다면서 학교로 향했다. 합격자 명단은 학교 벽에 써 붙여놓
기 때문에 직접 보러 갔다.

아- 합격이다!

그런데, 같이 장사를 하며 학교 갈 꿈을 꾸었던 동갑내기 다
섯 명 중 우리 딸 한 명만 합격을 한 것이다. 다른 아이들은 눈
물을 닦으며 내년에 또 시험을 보겠다고 결심했다.

# 딸
## 사범학교 합격

막상 인천 사범학교에 합격하고 나니 입학금과 교복을 맞춰야 하는데 돈이 없었다. 나는 시집올 때 고급 천으로 맞춰온 아끼던 밤색 세루 두루마기를 염색집에 갖다주고 감색紺色이나 검은색이 나오게 해달라고 부탁했다. 바탕이 밤색이라 밤색 자체는 고급스럽고 색도 예뻤지만, 그 위에 검은색이나 감색으로 물을 들이기는 어렵고 예쁜 색이 나오지 않는다고 했다. 그래도 그걸 가지고 동네에서 싸게 하는 양장점에 가서 교복을 만들어 입혔다.

어떤 아이들은 감색, 검은색으로 멋지게 입고 구두도 신은 아이들이 꽤 있었는데, '옷이 날개'라고 기성복 천에 물을 들여 만든 교복을 입은 내 딸은 인물이 살지 않았다. 약간 우중충했으나 딸아이는 개의치 않았다.

"열심히 공부만 잘하면 만사 오케이지" 하면서 웃었다.

내 자식이지만 조부모의 사랑을 많이 받아서인지 매사 긍정적이고 낙관적인 성격이 보기 좋았다.


교복은 해결됐는데 입학금이 좀 모자랐다. 애들 할아버지가
"몇 년 우리 집 사랑방에서 무위도식한 사람이 한의사에 합
격해서 송림동에 한약방을 냈으니 거기 찾아가서 좀 꾸어보라"
하시기에 내가 혼자 가려다가 딸을 데리고 함께 갔다.
한의사가 된 아저씨는 딸을 보더니 "네가 네 살 때 너의 집에
서 한의사 공부를 했다"며 반겼다. 먹을 것도 내오고 반기는 듯
했으나 돈 얘기를 하니 자기네 한약방도 잘 안돼서 꾸어 줄 돈
이 없다며 거절을 했다.


내가 업어 키운 남자 동생네가 생각났다.
엄마처럼 여섯 살부터 내가 업어 기른 남동생이 제분공장에
다니면서 잘 살고 있었다. 우리 집에서 그리 멀지 않은 곳에 사
는데 자기 입으로 은행에 돈을 맡기기 싫어서 돈을 차곡차곡 싸
서 베개 속에 깊이 넣어 두고 그걸 베고 잔다고 자랑한 적이 있
기에, 조카딸의 입학금이 조금 모자라니 꾸어 달라고 하면 동생
이 도와줄 거라 믿었다. 동생은
"누님, 우리 아이들이 중학교를 다 떨어져서 속도 상하고 고
등학교를 보결로 넣자니 돈이 많이 든다고 해서요" 하면서 거절
을 했다. 내가 여섯 살도 안 된 저를 키우려고 국민학교까지 중
퇴를 하고 보살펴준 엄마 같은 존재인데, 그까짓 보살핌의 과거

는 아무 일도 아니라는 듯 거절하는 동생을 보고 돌아서서 오는데 발등에 피눈물이 떨어졌다.

나보다 우리 딸애가 큰 상처를 입었을 게다.

딸의 실망이 커서 학교를 기권할까 봐 내가 내색을 못하는데 오히려 딸이 나를 위로했다.

"엄마, 3년만 기다리세요. 나는 해낼 자신 있어." 한다.


나는 생각다 못해 내가 육 년간이나 다니던 공장에 가서 사장님한테 사정을 하니 부족한 액수만큼 돈을 꾸어 주셨다.

형제가 남보다 못한 세상이 야속했다.

사장님 덕분에 딸은 기한 내에 입학금을 내고 입학식을 하고, 교복을 입고 그 먼 길을 불평 한번 없이 즐겁게 걸어서 학교에 다니기 시작했다.

내가 세상에 이보다 기쁘고 행복한 일이 있었는지ー

5부

긍정의
힘

# 긍정의 힘은
# 고난을 이긴다

옛날을 돌아보았다.

때맞춰 아들은 피난 때 미군을 따라 내려간 부산에서 추석 휴가로 집엘 왔다. 몇 달 만인지 아들의 신수가 좋아서 기뻤다.

하우스보이로 근무하다가 군대를 지원했고 부관학교에 합격해서 졸업하면 장교가 된다고 했다.

며칠 쉬고 아들은 다시 부산 미군 부대로 갔다.

집에는 시아버지, 시어머니, 딸과 나, 이렇게 네 식구가 되었다. 오전에는 딸이 학교에 가서 마음 놓고 공부를 하도록 내가 대신 좌판 장사를 열심히 했다. 한창 시끌벅적 떠들 나이에 있는 아이들 다섯 명 틈에 어른인 내가 끼어 앉아 있기가 쑥스러웠으나, 딸이 두시에 학교에서 돌아오니 내가 딸을 위해 무엇이 힘들쏜가.

집안일은 기가 다 죽은 시어머니가 잘하고 계셨고 시아버지는 사랑방에서 책만 보시니 나는 아침밥을 먹자마자 좌판을 머리에 이고 나와 오전 장사를 했다.

학교 가는 버스 노선이 없어 그 먼 거리를 걸어 다니는 딸은 자기 다리가 튼튼해진다며 안타까워하는 나를 긍정적인 말로 안심시켰다. 딸은 학교가 끝나면 바로 집으로 와서 사복으로 갈아입은 뒤 책가방을 손에 들고 나와 교대를 했다. 아이들끼리 떠들고 웃고 자기들의 하루 매상을 자랑도 하며 즐겁게 지내는 모습이 보기 좋았다. 밤 열시쯤 내가 다시 시장으로 나가서 모녀가 함께 좌판을 머리에 이고 짐은 손에 들고 퇴근하듯 집으로 걸어왔다.

딸애는 집에 와서도 열두 시나 한 시까지 책을 읽고 공부를 하고 또 일감으로 받아온 수예점 수를 놓았다. 그렇게 일상생활이 연속되면서 반년이 흘렀다.

사범학교는 학비가 일반 다른 고등학교에 비해 국비라 훨씬 싼 편이었다. 입학금과 수업료 1·2기분을 다 냈고 내가 공장 사장님에게서 꾸어온 돈도 다 갚았다.

이제 빚은 없다.

나는 신용을 참 중요하게 생각한다.

딸이 시간을 금같이 쓰는 것이 보였다. 아이들이 손님 안 지나가는 시간에는 시장 한 편에 나가서 고무줄놀이도 하고 술래잡기도 하고 카드놀이도 재미있게 하는데, 딸은 숙제가 많아서 그렇다며 친구들을 이해시키고는 공부를 했다. 좌판을 책상 삼아 예습, 복습, 숙제를 하고 헌책방에서 싸게 빌려온 두꺼운 소설책도 이삼 일 만에 한 권씩을 읽어냈다.

온종일 좌판을 지키며 물건을 파는 아이들 다섯보다 오후에 와서 밤 시간까지만 앉아서 물건을 파는 내 딸의 매상이 월등히 많았다.

사람이 많이 지나가는 시간에도 이 손님, 저 손님 스쳐가는 사람들에게

"이거 사가세요" "이 물건이 좋아요" 호객을 하지 않고 고개 숙여 책을 읽고 쓰고 열중하는 아이 앞에 언제부턴가 단골손님이 많이 생겼다. 자주 와도 좌판에서 계속 무언가 쓰고 읽고 열중하며 손님이 온 줄도 모르는 아이가 신기한지, 딸이 고개를 들어 자기의 얼굴을 쳐다볼 때까지 손님들은 기다려 주었다.

언덕 마루터기의 재래시장에 자리를 잡은 아이들,

가끔 나는 딸이 오후 시간에 집에 가서 편안히 공부하게 하고 싶어서 시장에 나가 뒷전에 서서 물끄러미 딸을 바라보았다.

오른쪽, 왼쪽에서 오가는 손님을 보면 으레 그 손님들은 딸애 앞에 서서 말없이 물건을 한참 고르고 있었다.

"얘야, 네 단골손님 오셨다" 하면, 그제서야 읽던 책을 내려놓고 손님에게 꾸벅 인사를 한다. 손님은 미국산 치약과 칫솔, 초콜릿. 캔 등을 있는 대로 담고 그 외에 좌판의 다른 상품들도 한편에 쌓아놓고 계산을 했다.

그 당시 돈으로 10만 원이 조금 넘는 큰 액수였다.

그 손님이 매상을 올려주면 좌판은 텅텅 비게 된다.

좌판에 앉아 학업에 몰두하는 아이의 모습을 보며 고학생을 도와주는 셈으로 일주일에 한 번은 좌판 것을 몽땅 팔아 주는 것 같았다. 좌판에 앉아 쓰고 읽고 하는 아이 모습에 감동을 하신 것인지…

아이들은 그분 별명을 "검은 안경신사"라고 불렀다. 멀리서 오실 때 옆의 다른 아이들이

"얘 ○○아, 검은 안경신사 오신다." 하기 바쁘게 딸아이 앞에 와서 말없이 바라보신다. 궁금해서 몇 번 시장 뒤편에 서서 그 분을 본적이 있다. 키도 크고 멋있는 체격에 늘 검은 안경을 쓰고 있는데 요즈음은 그 안경을 선글라스라고 부르는 것 같다.

너무 고마운 분이다. 그분 외에도 훌륭한 단골분이 몇 분 계시다고 하는데 아이들이 내 딸보고 너는 우리들이 하루 종일 팔고 있는 것보다 잠깐 몇 시간에 우리보다 훨씬 더 판다고 떠들며 종알거렸다.

그런 날은 일찍 마치고 집에 오거나 물건을 받으러 도매시장을 간다. 물건을 받으러 시장으로 딸과 함께 가는데 딸이 내게 이렇게 말했다.

콩쥐 팥쥐 얘기를 하면서 자기는 어떤 장애물이 있어도 콩쥐 같이, 계모가 큰 항아리에 물을 길어다 가득 부어놓으라고 명령

을 하며 심술로 밑에 구멍이 뚫린 큰 항아리를 놓고 갔어도 두꺼비가 와서 도와주었다는 거다. 두꺼비가 깨진 독에 엎드려 물이 새지 않게 막아주어서 콩쥐가 물을 꽉 차게 부었다는 얘기 등 몇 가지 얘기를 내게 해주었다. 마치 콩쥐처럼 어떤 역경도 하느님이 돕고 있기 때문에 운이 좋아서 늘 마음먹은 대로 될 것이라며, 엄마인 나에게 무슨 일이든 걱정하지 말라고까지 한다. 딸에게 그런 말을 들으면 내 가슴이 뭉클하곤 했다.

이 딸을 안 낳았으면 나는 어떠했을까?

# 등록금과의
# 전쟁


한 학년씩 올라갈 때는 등록금을 못내는 아이들이 부쩍 늘어났다. 그러면 시험 때마다 담임선생님이 시험지를 들고 들어와 학비 미납 학생을 호명하며 복도로 내보낸다고 한다.

학급의 반 이상이 우르르 쫓겨나 복도에 서 있고 교실에는 몇 명만이 시험지를 받고 앉아 있는데 그 애들이 다시 들어와 시험지를 받아야만 시험이 시작된다고 했다.

쫓겨난 아이들은 무슨 큰 죄를 지은 것 같이 고개를 푹 수그리고 풀이 죽어있다고 한다. 딸은 복도에 나가는 것 정도는 얼마든지 참을 수 있다고 했다. 자기는 복도에 서서 절대 고개 숙이지 않고 큰 두 눈으로 선생님을 똑바로 쳐다본단다.

덧붙여 자기는 이다음에 선생님이 되면 우리 반 아이들이 수업료를 기간 내에 내지 못 했다고 복도에 절대로 내쫓지 않을 거야 라고 맹세했단다. 또 자기 반 아이가 너무 가난해서 학비를 못 내면 자기 월급에서 보태주거나 꾸어주거나 대책을 세워

줄 거라고 했다.

성공한 뒤를 생각하면

'어릴 적 고생은 사서도 한다'는 어르신들의 말씀이 생각나지만 막상 닥치는 어릴 적 고생은 너무 가슴 아픈 일이다.

무역회사 여사원이 되도록 내 뜻대로 사회생활을 시켰다면 지금쯤 여기저기 사무실에서 심부름 다니기 바쁠 딸아이를 생각해 보았다.


어느새 2학년 중반에 접어들자, 딸은 학비 조달의 위기를 느낀다며 고개를 갸우뚱했다. 얼마 뒤 등하교 하는 4km 지점에서 좋은 아이디어를 떠올렸다며 좋아했다. 엄마에게만 말하고 다른 사람에게는 비밀이라며 자기의 아이디어를 말한다. 사범학교에 건물이 A동, B동이 있는데 A동은 남학생들의 교실이고 B동은 여학생들 교실인데, 자기 교실이 B동 오른쪽 끝이고 매점에 가려면 A동 반대쪽 왼쪽 끝이라 너무 멀다는 것이다. 아이들은 한창 자라는 나이이고 한창 먹는 나이라, 싸 온 점심 도시락은 이미 1교시나 2교시 쉬는 시간에 다 먹어치운다고 했다. 그래서 막상 점심시간에는 배가 고파 호떡 한두 개쯤은 사 먹는다는 걸 생각해냈다. 매점이 멀고 더구나 먹을 것을 잘 갖다 놓지 않기에 많은 학생이 간식을 사 먹기는 역부족임을 착안했다고 한다. 선생님도 다른 반 남학생도 선후배도 전혀 모르게 우리 반 교실에서 우리 반 아이한테만 하루 100개의 호떡을 팔 계획을 세웠다고 했다. 호떡집은 집에서 2/3쯤 학교 가는 길 한쪽 방향에 있었다.

가게들 사이에 큰 가마를 흙으로 쌓아놓고 불을 때서 긴 꼬챙이에 납작한 철판을 단 끝에 호떡을 얹어서 화덕에 불로 구워내는 집을 발견하고 한 개를 사서 먹어 봤다고 한다. 기름기가 없이 직접 구운 거라 담백하고 쫄깃쫄깃하고 속에 검은 설탕가루가 녹아 꿀맛이었다고 한다. 딸은 거기에서 아이디어를 얻었다고 했다.

'우리 반 학급 매점'을 열기로―

어느 날 볼일이 따로 있다며 한 동네 어울려 하학하던 친구들을 먼저 보내고 그 호떡집에 혼자 들어가 자기 사정을 이야기했단다.

허락해 주신 주인아저씨, 아주머니와 그길로 구두로 계약을 하고 그 다음날 아침부터 학급 매점을 시작했다고 한다.

좌판 장사만으로 할아버지, 할머니, 엄마, 나 이렇게 네 식구 밥은 먹고 살지만 자기 학비까지 만들기는 좀 부족해서 지난번 1학기 시험 날 복도에 쫓겨나 있었던 얘기를 하며 내게 자기가 좀 더 벌어야 한다고 했다. 일찍 텅 빈 교실에 혼자 앉아 아이들이 다 올 때까지 기다리는 한 시간 반은 자기 마음대로 쓸 수 있는 시간이라 좋다고 했다. 소설책도 읽고 예습, 복습도 한단다.

고마우신 호떡집 주인아저씨와 아주머니는 딸애를 위해 매일

같이 일요일만 빼고 새벽 네 시에 일어나 호떡 백열 개를 만드는데 열 개는 내 딸 먹으라고 더 넣었다고 했단다.

무거운 줄도 모르고 호떡 팔 생각으로 희망에 부풀었는데 다행히 매일매일 백열 개가 100% 다 팔렸다고 한다.

집에 올 때는 박스를 납작하게 접고 보자기로 싸면, 화판을 옆에 끼고 가는 듯 보였다고 했다.

우스운 것은 추운 겨울 수업 중에 아랫도리가 호떡으로 인해 난로보다 따뜻해서 좋았다고 했다.

호떡을 파느라 일찍 학교에 도착하는 딸아이는 공부해서 좋고, 학급 아이들에게는 매점이 생겨서 좋고… 딸 먹으라고 열 개 더 준 것까지 삼 학년 졸업 직전까지 단 한 개도 먹지 않고 다 팔았다는 얘기를 졸업이 얼마 남지 않은 시점에서야 나에게 얘기해 줘서 알게 되었다.

듣는 내내 어미로서 미안했다.

교실 내 매점을 한 셈인데 품목은 일 년 내내 오로지 호떡뿐!

그래도 딸은 여전히 오후 두 시에 집으로 뛰어와서 교복을 갈아입고 좌판 장사를 위해 나와 교대를 했다.

오전, 오후로 바쁜 딸은 긍정적이고 밝고 구김 없이 소녀 가장 노릇을 씩씩하게 했다.

# 내 딸,
# 꿈을 이루다

삼 년이 흐르고 3월 16일.

드디어 딸이 졸업식 날을 맞았다.

나는 뛸 듯이 기뻤다. 그 당시는 졸업이 3월이고 입학은 4월이었다.

휴가 나온 아들이 나와 함께 졸업식장에 참석했다.

축사가 끝나자 시상이 이어졌는데 삼 년 개근상을 제일 먼저 호명했다. 교장선생님 말씀은 어느 상보다 개근상이 중요하고 삼 년 개근상은 더욱 중요하기 때문에 제일 먼저 이 상을 준다고 했다.

본과 삼 학년 남자 반 70명, 여자 반 67명, 연수과 1년 과정 남녀학급, 이렇게 세 반이 졸업하는 자리인데 삼 년 개근상 호명을 하니 큰 대답과 동시에 내 딸이 나갔다.

딸아이가 고학을 하면서도 삼 년을 개근했으니 가슴이 벅찼다.

이어서 우등상 남학생 2명, 여학생 7명을 호명했다.

여학생 우등상 7명 안에 또 딸이 끼었다. 두 가지 상을 다 타러 나가는 딸이 대견했다. 나도 모르게 감격의 눈물이 볼을 타고 흘러 내렸다. 옆에 앉은 아들도 여동생이 기특한지 큰 박수를 보냈다.

아이 아빠가 딸자식의 꿈을 위해 서울사범 병설중학교에 입학 시켜 준 것이 엊그제 같은데, 이 광경을 보았다면 얼마나 뿌듯했을까?

그 사람이 있었다면 이렇게 꿈을 이루어 어엿한 국민학교 교사가 된 딸을 참으로 대견하게 여겼을 것이다.

**졸업식날 3년 개근상과 우등상을 받았다.**

# 교사의 꿈을 이룬
# 딸

졸업식을 한지 한 달이 지난 뒤 인천 사범학교에서 졸업생 학점이수자 전원에게 교사 자격증과 함께 ㅇㅇ국민학교로 근무하라는 발령장을 주었다. 인천 시내에서부터 주변 군, 면 소재지및 섬 지방까지 경기도 전체를 관할하는지, 경기지역 전체로 졸업생들에게 발령을 내렸다.

그 당시는 자유당 권력이 만연한 시기이지만 성적이 우수한우등생만은 인천 시내 7대 국민학교로 발령장을 주었다. 딸 역시 우등생인지라 인천 시내 학교로 발령을 받았다. 물론 친구들중 빽이 있는 집안의 애들은 성적에 아랑곳하지 않고 인천 시내7대 국민학교로 발령을 받은 사례가 있는 것도 같았다. 또 교생실습 기간 중 우수한 학생은 그 학교 교장이 곧바로 자교에 채용을 하기도 했다.

그 외의 졸업생은 각 군 단위로 발령이 났고 집에서 멀리 떨어진 학교로 가야 하는 아이들은 자취를 해야 하기 때문에 이것저것 살림살이 준비로 분주했다.

국민학교는 경기도 강화군, 옹진군의 섬들 및 김포, 평택, 오산, 화성, 양주, 양평 등등 아주 멀고 넓게 흩어져 있어서 발령기일 내에 근무지에 도착하려면 부지런히 서둘러야 했다.

투피스를 맞춰 입고 구두까지 신은 내 딸은 좌판 장사를 하면서도 엎드려 공부하던 그 아이가 아니었다.

의젓하게 양장을 하고 첫 출근하는 멋진 여선생님이 된 딸의 모습을 보며 온 가족이 박수를 쳤다.


장사를 함께하던 친구들이 몹시 부러워하는 눈치였다.

이제는 딸과 내가 좌판을 이고 그 언덕 장터에 나가지 않아도 되고 새벽에 호떡집을 갈일이 없으니, 기쁨은 그 어떤 말로도 표현하기 어려웠다.

딸이

"엄마도 이제는 집에서 푹 쉬세요" 하면서 앞으로는 자기가 우리 집안의 가장노릇을 하겠노라며 내게 희망을 북돋아 주었다.

생활력이 남달랐던 딸이 선생님이 꼭 되고자 결심한 이유는 교사는 남녀 월급의 차등이 없고 승진의 조건도 같고 결혼을 해도 출산을 해도 일반 회사원들과 달리 계속 근무를 할 수 있으며, 또 하나는 육십오 세까지 정년이 보장되기 때문이라고 했다.

또한 여름방학과 겨울방학이 있어서 상급학교(대학)의 공부를 이어서 더 할 수 있고 여행도 할 수 있고 특별한 잘못이 없는 한 교직을 박탈당하여 쫓겨날 일이 없다는 것이 좋은 조건이란다.

교사의 꿈은 딸이 어린 시절부터 동네 아이들을 모아놓고 선생님 놀이를 할 때부터 굳게 마음먹었던 것이었다고 한다. 서울 사범 병설중학교 때 학비 미납으로 겪었던 아픔도 꿈을 위해 자기 스스로 이겨내리라 마음먹었고 삼 년간 학비 조달을 위해서 어떤 고생도 감수할 수 있었다고 말했다. 그렇게 딸아이는 자기 직업에 만족하며 스스로의 꿈을 키워나갔다.

# 아들의
# 미국 유학

그동안 아들은 서울에서 부산으로 피난을 내려간 미군부대에서 육군정훈학교를 졸업하고 대위가 되어 용산에 있는 육군본부에 근무하고 있었다.

아들이 당당하고 멋지게 군복을 입고 집에 왔는데 어깨에 빛나는 대위 계급장을 보고 시부모님과 나는 덩실덩실 춤을 추었다.

아들, 딸로 인하여 집안에 경사가 겹치니 저절로 춤이 나왔다.

아들은 오빠답게 여동생에게

"몇 년간을 고생하며 가장 노릇을 했으니 네가 수고 많았다. 이제 이 오빠가 바통을 받겠으니, 네가 번 돈은 너 시집갈 때 쓸 결혼비용으로 모으고 앞으로는 사고 싶은 것, 입고 싶은 옷 등등에 쓰렴. 월급을 집에 내놓지 말고 너 자신을 위해 쓰도록 해라" 라고 말했다. 이런 남매의 모습을 바라보던 나는 두 애들이 몹시 기특하여 감동하다 못해 마음이 놓이고 평안했다.

행복한 가정, 걱정 없는 세월이 일 년쯤 지났을 때 아들이 반가운 소식을 전해왔다.

국가에서 육·해·공군 각각 다섯 명씩 선발하여 일 년간 군 유학의 길을 열어주는 선발대회에 얼마 전 시험과 면접을 보았는데, 육본에 재직 중인 아들이 국비 유학생에 합격을 했다는 것이다.

전쟁으로 인한 가난 때문에 중학교 때부터 돈을 벌기 위해 아들은 미군부대 하우스보이로 취직을 해야 했었다. 미군부대를 따라 부산으로 갔던 아들이 미군들과 생활하면서 영어회화에 큰 도움을 받은 것 같았다. 아들의 유창한 영어회화 실력이 유리한 조건이 되었고 군 생활을 하면서도 야간대학을 졸업한 것이 좋은 점수를 받게 된 이유가 아닌가 싶다고…

드디어 미국으로 가는 다섯 명 선발에 뽑혀 일 년간 나라에서 주는 장학금으로 미국 유학을 떠났다.

아들이 해외에서 성실하게 공부하고 딸애가 든든하게 계속 가장 노릇을 해주니 우리 집안에는 걱정이 없었다.

아들의 미국 유학 생활 일 년이 눈 깜짝할 사이에 지나갔다.

1대 | 故최정숙

1대의 아들, 미국 유학 중 뉴욕에서

# 아들 결혼과
# 딸의 인사이동

아들에게 중매가 들어와, 혼인 날짜를 잡고 장가를 가야 하는데 결혼자금을 모은 것이 없다며 아들이 막막해했다. 나 역시 빚을 갚고 먹고 사느라 아들 결혼 비용까지는 준비하지 못했으니 막막하기는 나도 마찬가지였다. 며느리 친정도 넉넉지 않은 집안이었다.

구세주는 또 딸이다.

딸애는 오빠를 데리고 시내에 나가 예복에 새 구두까지 맞추어 주고 새언니의 드레스에 한복 그리고 예식장 비용 및 기타 등등 예식에 드는 모든 비용을 직접 나서서 누나처럼 척척 해결을 해주었다.

"아무나 준비하면 어때?" 하며

결국 딸이 네 살 손위 오빠의 결혼식까지 빈틈없이 진행시켰다. 시아버님이 교구장으로 계시는 천도교 교회당 큰 홀에서 성

대하게 결혼식을 하고 피로연도 크게 했다

육군본부에 근무하는 군인들이 다 모인 듯 아들의 결혼식은 파티처럼 아름답고 흡족하게 잘 끝났다.

내 큰 소원의 하나가 딸 덕에 해결된 것이다.


며느리는 일 년 만에 아들을 낳았다. 시부모님은 증손자 재롱에 푹 빠지셨는지 이북으로 납치된 아들은 잊어버리신 듯 집안에 웃음꽃이 피었다.

딸애도 스물여섯 살이 되자 중매가 들어오고 선도 보고 결혼을 생각하고 있을 때 4·19의거가 일어났고 그 다음 해에는 5·16이 일어났다. 5·16 후, 박 대통령의 지시로 도시에 근무하던 교사와 농촌 시골 지방 소도시에서 육 년 이상 근무하던 교사들 간에 교체 발령이 내려졌다.

예외도 있었다.

결혼한 여교사가 임신 증명을 제출하면 인사이동 발령을 면했다.

내 딸은 미혼이라서 도시에서 지방으로 교체 발령이 났으니 안 갈 도리가 없었다. 온 나라 안의 국민학교 교사들이 난리가 났다.

교사들 인사이동이 무엇이 그리 급한 것인지, 담임으로 맡은 학생들과 학기도 마치지 못한 채 중간에 이별을 하고 임지로 떠나야 한다니 '혁명 교육정책' 목적이 무엇인지 도무지 알 수가 없었다.

⑥

준비가 되여짜 입학식을 하고 열심이 다닌다
원석은 미군 갓직부산으로 겨울되랑 에가 서겨울
지 내고 여음을 지내고 8月추석 에집에 온다면
달만인지 찿반고 원석 신수가 조와 서김부다 군데을
직원해다 부관학교학적 을하여서다.
원석은 군인 장교가 되여다 원숙은 졸업을만게되
여다 학교운용에 조은점도 잇겟지. 만 여러가지
어려움 점이 만코 고생스럽지만 그것을 극복하고
열심이 공부하여 우동생 이퇴여 상장과 상도
푸림이라다 땡영도 반아따. 선생 넘이 되여 직요
아버지 업시공부 한다 는거시 보통 일인가 모른거
슬다 아기고 극복에 성공과 영광이다 자랑
스런 딸이다 원석은 장교가 되여짜 서업을클
본거시다 장교가 되여서다 장교군 인 배금도
타고 선생 배금도 타고 식양걱정은 안 한다
나는 40쌀 에 천정아버거 가물아가시여따
세상 이 어더게 지나 가는것도 모으시온 노인들은
손주장가 안보낸다구 말노만 한목을하 신다
답답 하다 좋 매로 장가 보내게 되 여따.

1대가 새 노트에 정서하신 글

# 6부

딸이 사준
마지막 내 집

# 손녀를 키우러
# 딸 집으로

딸이 평생 처음으로 타지로 발령을 받자, 짐을 싸서 이십육 년 만에 집을 떠나야 했다. 인천역에서 영등포역으로 가서 경부선 열차를 타고 오산에서 내려 십리 길을 걸어 발령받은 평택군 진위면에 소재한 진위국민학교로 갔다.

마침 학교 내에 기숙사가 있어 그곳에 일 년 전 발령받은 여섯 살 연상의 여교사와 한 방을 쓰게 되었고 딸은 주말이면 집에 왔다.

며느리가 둘째 손녀를 낳았다.

며느리는 전업주부로 집에 있으면서 아이를 키우고 살림을 했다.

시부모님이 손자며느리와 함께 계시므로, 자유로워진 나는 외손녀들을 키워주기 위해 딸 집으로 왔다. 딸의 집안일은 가사도우미가 따로 도와주었기에, 연년생인 둘째 손녀는 내가 돌보고 큰 손녀는 사돈이 맡아 무릎에 앉히고 키웠다. 안사돈끼리 서로 지나간 옛날이야기를 나누며 시간 가는 줄 모른 채 평안하게 지냈다.

둘째 손녀가 커서 밖에 나가 뛰어놀 때쯤, 돈을 벌어야 손자들을 키울 수 있을 것 같아 나는 여고 앞에 문방구 가게를 시작했다.

문방구는 그런대로 나 혼자 유지하는 데 지장이 없었다.

학생들 등교 시에는 너무 붐비어 눈코 뜰 새가 없었다.

1~2년 잘하고 있을 때 며느리가 셋째로 또 딸을 낳았다는 소식을 들었다. 이후 넷째로 아들을 낳아 친손자가 네 명이 되었다.

딸은 터울을 두고 둘째가 다섯 살 되던 해에 셋째 딸을 낳고 넷째까지 딸을 낳아 외손녀가 네 명이 되었다.

몸이 힘들고 숨차게 바빴지만 외손녀를 돌보는 일은 즐거웠다.

집에는 며느리와 아들과 시부모님이 계시니 나는 외손녀를 돌본다는 핑계로 주로 딸집에서 지냈다.

막내 친손자가 돌이 지나기 전에 시아버님께서 주무시다가 숨을 거두셨다. 구십 세의 나이임에도 그간 어디 몸이 아프시다거나 앓아누우신 것을 뵌 적이 없었다. 시아버님이 돌아가신 후에도 얼마 동안 나는 딸집에 있었다.

# 청천벽력 같은 일

아들이 불길한 소식을 전해왔다.

며느리가 목 부분에 종기 같은 게 생겼는데 병원에 가서 치료를 받고 약을 발라도 없어지지 않는데, 문제는 통 기운이 없다는 것이다. 큰 손자가 중학교 입학을 앞두고 있는데 애 엄마가 저렇게 아파서 걱정이라고 한다.

입학 축하로 교복을 고모가 맞춰 주어 기쁘다며 손자는 입학식을 손꼽아 기다리고 있는데 며느리는 이 병원 저 병원을 다녀 보아도 고칠 수 없다고 하니, 갑자기 온 집안이 근심으로 가득 차고 어두웠다. 임파선 암이라는 진단을 받았는데 자궁과 대장에 이미 전이가 다 됐다고 했다. 청천벽력 같은 소식에 내 가슴이 미어지고 숨이 막히는 것 같았다. 안 해본 것이 없건만 조기에 발견하지 못하고 치료를 제때 못한 탓인지 끝내 병을 이기지 못하고 며느리는 저세상으로 가고 말았다. 암이 그렇게 무서운 병인지를 그때는 사람들 모두가 모르고 살 때였다.

시집을 와서 아프지도 않고 착하고 튼튼했던 며느리였다.

스물셋에 시집을 와서 십사 년을 살면서 아들 둘에 딸 둘을 낳아 한창 재미있게 살 때인데 세상을 등지고 말았다.

내 아들은 아직도 젊은 나이 마흔둘에 아내를 잃었고 며느리는 서른일곱 꽃다운 나이에 하늘로 가버렸다.

엄마를 잃은 충격에 큰손자는 중학교 일 학년 사춘기에 들어서자 몹시 방황을 했고, 엄마가 자신의 입학식도 못 보고 저세상으로 간 것에 슬퍼하며 매일 풀이 죽어지냈다.

손이 떨리고 가슴이 답답해진 나는 문방구를 접고 말았다.

갑자기 정리하느라 많은 손해를 보았다.

막내손자가 네 살에 엄마를 잃었으니 할미인 내가 또 엄마 노릇을 해야 했다.

# 다시
# 아들 집으로

손자 손녀가 새엄마를 만날 때까지 내가 엄마 역할을 해야 하기에, 나는 다시 늙은 몸으로 홀로된 아들네 집으로 들어가야만 했다.

아이들을 생각해서라도 아들이 새 장가를 빨리 가야 하는데 자기가 알아서 한다고 고집을 세우며 제 어미 힘든 것은 전혀 생각을 못 하는 듯했다. 이왕 간 사람은 불쌍하지만 계속 생각해서 뭐 하겠는가?

빨리 새 사람을 얻어야 가정이 안정이 될 터인데, 쉽지가 않은 모양이었다. 집안이 넉넉하지 않은 데다가 딸린 자식들이 많으니 참한 색시를 만나기가 하늘의 별 따기처럼 된 것이다. 나는 다시 대식구의 주부가 되어 조석으로 밥을 해 먹이랴, 아이 네 명의 도시락을 싸랴, 허리가 점점 구부러졌다. 얼마 후에 아이가 넷 있어도 좋다며 국민학교 노처녀 선생님의 중매가 들어왔다.

얼마나 좋은가?

그런데도 아들은 그 여자와 선을 보기만 하고 결혼을 서두르지 않았다. 얼마 후에 알았는데 아들에게 이미 다른 여자가 있었다.

전남편 소생의 딸아이가 있는 과부인데, 진즉 아들과 동거를 해서 그 여자는 임신으로 배가 불러 있었다.

문제는 병원에서 그 여자에게 절대로 아기를 낳으면 안 된다고 했단다. 왜냐하면 산모 몸에 이미 유방암이 퍼져 있어 아기를 유산시키지 않으면 임산부가 죽는다고 말렸다니 이건 또 무슨 일인가?

새 여자는 설마 하며 고집을 부렸고 병원에 들어가 아이를 낳았으나 산후조리도 못하고 의사 말대로 암이 온몸에 퍼져 출산 후 삼 주도 안 되어 세상을 떠나고 말았다.

새 며느리는 아기만 남기고 병원에서 죽었다는 소식이 왔다.

내가 어릴 때 우리 엄마가 애를 낳고 누워 있었고 그때 낳은 신생아가 죽는 것을 보았고 이어서 엄마까지 죽었던 끔찍한 사건을 똑똑히 보고 자랐는데, 다 늙은 내가 또다시 똑같은 상황을 보다니… 새 며느리가 애를 낳고 나서 죽은 얘기를 또 들어야 하는 나는 도대체 무슨 운명인가?

아들의 두 번째 여자가 저세상으로 가고 아기는 살았다는 말에 나는 하늘을 원망했다.

내 남편이 첩이 낳은 아이 둘을 데리고 들어와 집안을 복잡하게 한 그 꼴을 내가 보았고 내 아들인 저도 보았는데 내가 무슨 죄로 세상에 이 같은 일을 또 겪어야 하다니…

핏덩이 아기는 여자네 친정식구가 와서 데려가고, 죽은 여자가 데리고 들어온 전남편 딸만 내 집에 남겨두고 하늘로 갔다.

내 아들의 운명도 참 기구하다. 안사람의 초상을 두 번이나 당했으니 말이다. 더구나 새로 들어온 여자가 전남편 소생 딸을 데리고 들어오니 여자문제는 제 아빠와 판박이가 아닌가?

세상에 무슨 이런 일이…


집에는 시어머님과 나, 아들과 손주 다섯 명, 모두 여덟 식구가 되었다. 아이들이 크게 자라니 넓은 집이 필요하여 좀 넓은 주택으로 이사를 했다.

부엌과 마루가 편편하지 않고 부엌 구조는 현대식이 아니었다.

손자 손녀 두 명씩에 죽은 두 번째 며느리가 데려온 전남편 딸을 한 명 포함하니 손자 손녀가 다섯 명이 된 것이다. 네 명의 손자 손녀가 새로 들어온 아이를 구박하고 싸우니 우리 집안은 매일 시끄러웠다.

시어머니는 아직도 기력이 남아 있는지 새로 온 아이는 우리 집안의 피가 한 방울도 안 섞였다며 먼저처럼 밥 먹을 때나 잘 때나 등등 행동 하나하나마다 트집을 잡았다. 구박의 대상이 나에게서 당신 아들이 데리고 온 딸로 가더니 이번엔 손자가 새 여자에게서 데리고 온 전남편 딸아이로 옮겨갔다.

그렇게 복잡한 집안 구조는 나만 더욱 힘들게 했다.

아침저녁 식사, 도시락 싸기, 세탁기도 없이 온 식구 빨래하기로 지쳐 내 등은 점점 꼬부랑 할머니로 변해 갔다.

얼마 후 시어머니가 새로 이사 온 집에서 삼 일간을 편찮으시다고 기운 없이 누워 식사를 못하시더니, 병원도 안 가시고 96세에 주무시듯 돌아가셨다.

시부모님 두 분이 다 장수하시면서 병원에 입원 한번 안 하고 돌아가신 것은 두 분이 내게 큰 복을 주신 거라고 주위 분들이 이구동성으로 말했다.

시아버님은 손자며느리의 죽음, 손자의 불행한 재혼 등 이런 꼴 저런 꼴 안 보시고 그때 잘 돌아가셨다는 생각이 들었다.

# 대물림되는
# 운명

시어머니의 장례는 잘 치렀다.

물론 이번에도 딸애의 큰 도움 없이는 아무것도 할 수 없었다. 그뿐이 아니었다. 대식구 생활비와 아이들의 학비가 턱없이 부족하자 매달 딸이 와서 생활비며 학비를 보태 주고 갔다.

그렇게 1년 이상이 흘렀다.

아들은 늙은 내가 다섯 명의 자기 자식들 뒷바라지 하기가 힘들다며 또 새 여자를 얻었는데 지금 대문 밖에 있다며 들어오라고 했다.

어떤 여자인지 모르지만 나는 내심 잘 됐다 생각하고 대문 밖으로 나가서 아들의 세 번째 여자를 들어오게 했다.

이게 웬일인가? 또 여섯 살쯤 돼 보이는 남자아이 하나를 데리고 새 며느릿감이라며 인사를 하는 게 아닌가.

내 아들에게는 전남편 아이가 딸리지 않은 여자는 없는 것인가?

정말 한심했다. 이번에도 내 아들과는 상관없는 아이가 딸려 있는 세 번째 여자. 그 여자는 아이 넷이 여자아이 한 명을 따돌리고 싸우는 것을 몇 달간 목격하더니 어느 날 자기 아이를 데리고 쥐도 새도 모르게 조용히 집을 나가 버렸다.

앓던 이가 빠진 것 같았다. 내가 겪었던 일을 대를 이어 내 아들이 똑같이 겪고 있으니, 아니 몇 번씩이나 나보다 더 심하게 겪고 있으니… 불행이 계속 대물림되는 처참한 비극에 내 심장이 녹아내렸다.

그 후 아들의 두 번째 여자가 데리고 들어온 구박덩이 딸애도 짐을 싸들고 몰래 집을 빠져나갔다.

식구들은 그 애를 찾을 마음도 생각도 없는지 아무 말이 없었다. 다만 다 큰 처녀인데 어디로 갔을까 라는 걱정을 했다.

내 아들은 이제 새 아내 얻기에 지쳤는지 군 생활 십육 년을 마감하고 제대한 뒤 사업을 시작하겠다고 말했다. 나는 앞으로 사 년만 참으라고 권했다. 근무한지 이십 년 이상 되어야 퇴임 후 군 연금을 받을 수 있다고 퇴직을 말렸다. 아들은 세상을 우습게 얕잡아보는지 내 말을 듣지 않았다.

"내가 왜 노후를 걱정해야 돼? 나는 잘될 건데. 엄마, 걱정하지 마세요. 그까짓 연금이나 받아 뭐합니까? 더 많이 벌 텐데―"

"엄마 보기에 내가 연금이나 받고 살 사람으로 보여요?" 하며 사표를 던졌다. 사표가 수리되자 십육 년간 군 생활의 퇴직금은 일시금으로 받는다고 했다. 아들은 노후를 생각해 사 년만 더 근무하라는 내 말을 귀에 담지 않았다.

퇴직금을 얼마 받았는지도 알 길이 없었다.

친구와 철강 사업을 동업한다고 분주하게 드나들더니 몇 달 만에 동업자는 기다렸다는 듯 사기를 치고 도망을 갔다.

아들은 퇴직금만 날린 것이 아니고 우리 집 집문서까지 담보로 잡혔다. 갑자기 웬 사람들이 집안에 들이닥치더니 모든 세간에 빨간 딱지들을 붙이고 집 밖으로 살림살이 몇 가지를 내동댕이쳤다.

살다 살다 내 팔자가 왜 이러는지 억장이 무너지고 눈물이 폭포같이 쏟아졌다.

중요한 세간을 그대로 둔 채 집을 며칠 안에 빨리 비우라고 했다.

이게 웬 날벼락인가…

아들은 이미 이런 사태가 벌어질 것을 알았는지 다른 동네에 큰 방 하나를 월세로 얻어 놓고 남은 여섯 식구가 한 방에서 복닥대고 살 수 있게 마련을 해두었다.

각자가 자기 짐을 싸서 그곳으로 이사를 했다.

나는 이 충격으로 다 늙은 꼬부랑 할머니가 되었고 아이들은 안채의 주인이 조용히 하라는 말에 기를 못 펴고 살게 되었다.

다 자란 아이 넷과 늙은 나와 홀아비 아들, 여섯 식구가 방

하나에서 살자니, 아무리 큰 방이라 해도 6·25피난 때보다 더 어렵고 한심스러웠다.

이런 꼴 안 보시고 시부모님께서 잘 돌아가셨다고 다시 생각을 했고 남의 자식이지만 몰래 집을 나간 아이들도 오히려 잘 나갔구나 싶었다.

내 인생의 시련은 내 운명이려니 하고 감수하고 살았건만 이제는 자식의 인생 때문에 겪어야 하는 이 일은 무엇인지…

아들 덕에 호강은 못할망정 살수록 숨이 막혔다. 아들은 군인 월급을 받을 때도 아이 넷을 키우기가 벅차서 늘 자기 여동생이 생활비며 학비를 도와주었기에 이만큼 살았는데, 어떻게 늙은 어미와 제 자식들에게 이런 고난까지 주는 것인지…


집도 날리고 직장도 날린 아들도 마음이 오죽한지 어디로 나갔는지 소식조차 없었다. 내가 어디로 보아서 연금 받고 살 사람이냐고 큰 소리를 치더니 퇴직금을 일시불로 받아 사업에 투자한 연고로 연금 한 푼 없이 이지경이 되고 말았다.

애들 입에 무엇으로 풀칠을 해줄지 눈물이 앞을 가렸다.

나는 남편 복도 없고 아들 복도 없고 시어머니 복도 없는 팔자다.

너무 슬프다.


딸이 우리 집 가장으로 있을 때가 나는 참으로 행복했었다.

내가 이 나이 되도록 살면서 느낀 것은 선생 하던 사람과 군인 출신들은 사업하면 안 된다는 사실을 깨달았다. 다른 사람들에게 이런 사실을 널리 알리고 싶다. 세상 물정 너무 모르고 고지식해서인지 정년퇴임을 해서 퇴직금 날린 교장선생님들 얘기도 여러 명 들었다. 역시 군인도 마찬가지인지라 내 아들도 예외가 아니었다.

# 큰손자의
# 배신

새 동네로 이사를 왔지만 나와 다 커가는 아이들 다섯 명이 복닥대고 살고 있으니 아들은 차마 그 속에 끼어 밥을 먹고 잠을 잘 수가 없는지 거의 밖에서 지냈다.

집 대문 밖 큰 돌 위에 맥 놓고 한숨짓고 있을 때 딸이 찾아왔다. 반갑기도 했지만 그간 깨진 독에 물 붓듯 도와준 딸에게 그 꼴을 보여주는 것이 부끄럽고 미안하기 짝이 없었다.

딸은 부평에 작은 방까지 방 3개, 마루가 있고 지은 지 얼마 안 되는 5층짜리 중에 2층이라며 아파트 24평짜리를 마련했다고 했다. 마침 빈집이니 당장 이사 가도 되기에 계약하고 왔다며 우리 식구보고 내일이라도 이삿짐을 옮겨 입주를 하라고 말했다.

내 모습이 무척 초라했는지 딸은 나를 보면서 눈물을 닦았다.

곧바로 모든 식구가 새 아파트로 이사를 했다.

나와 아들 방, 남자 손자들 방, 여자 손녀들 방을 나누고 싱

크대도 마루에 있고 화장실도 집안에 있어서 아주 훌륭하고 좋았다.

그 집에서 큰손자 결혼시키고 손녀딸들 학업도 이어가고 취직도 하고 각자가 살길을 찾아 분주했다. 아들이 새 직업을 찾아 인천부두에 나가게 됐다고는 하지만 수입을 갖다 주지 않아서, 살림을 하기는 여전히 어려웠다. 할 수 없이 아이들 다섯 명의 학비를 낼 때마다 딸의 도움을 받았고 생활비도 받아서 썼다.

아이들한테는 고모가 줬다는 얘기를 차마 못했다. 아들의 자존심을 살려주고 아이들의 기죽는 모습을 생각해서 자기들의 아빠가 벌어다 준 것으로 생각하도록 하고 싶은 내 생각 때문이었다. 지금껏 내 손자들은 제 고모가 학비며 생활비를 준 것을 모르는데 딸이 알면 무척 서운해할지도 모른다.

딸이 교사라는 직업을 갖고 열심히 살지만 무슨 죄로 친정을 보태주고 조카들 학비를 대주느라 자기 삶을 제대로 누리지 못하고 살게 하는지 여러모로 어미로서 미안하기 짝이 없었다.

그 집에서 아이들 결혼을 다 시키니 식구가 줄었다.
딸애는 한 달에 한두 번은 서울서 부평까지 내려와 살림을 보살피고 내가 치과라도 갈라치면 큰 목돈을 마련해 주곤 했다. 딸이
"나는 늘 두 집 살림을 하네" 라는 이야기를 했다.

얼마 후 또 문제가 생겼다. 중학교 입학 때 엄마의 죽음을 본 장손자가 결혼해서 남매를 낳고 잘 사는가 보다 했는데 그 집을 살 때 고모가 집 명의를 장손자인 자기 이름으로 해준 것을 알고 나쁜 마음을 먹었다. 모든 식구의 보금자리였던 이 집을 팔면 이윤이 많이 붙는다는 것을 확인하고 몰래 팔아서 챙긴 후 자기 집을 넓혀 큰 집으로 이사 갔다는 소문이 들렸다.

장손자가 자기 식구들을 데리고 종적을 감췄다고 해야 할지.

늘 술을 고주망태가 되도록 마시고 직장도 꾸준히 못 다니고 부부 싸움을 자주하더니, 결국 고모가 사준 집까지 팔아먹고 제 밑에 동생들이 다 결혼을 하여 분가를 했다지만 아버지와 할머니가 아직 살고 있는 집인데 그런 짓을 저질렀다.

이 집에 살고 있으면서도 나는 장손자가 집을 팔아먹어도 모르고 있었으니 날이 갈수록 딸에게 점점 면목이 없었다.

아들은 거의 집을 나가 살고 있었기에 거처할 집을 뺏긴 나는 다시 봇짐을 싸 들고 딸을 따라갔다. 집을 사줬어도 그걸 지키지 못했기에 사위를 볼 염치도 없는데, 마침 사위가 아프리카 여행을 십칠 일간 떠났다 온다기에 딸을 따라 나섰다. 사위가 여행에서 돌아올 때까지만 있어야지 생각하고 있었지만 날짜는 하루하루 잘도 지나가고 막막한 내게는 뾰족한 수가 없었다. 아들은 또 네 번째로 사귄 여자네 집에 임시로 가 있겠다 했는데 정작 내가 있을 곳이 없었다.

# 딸이 사준
# 마지막 내 집

딸이 행복하게 걱정 없이 사는데 내가 또 딸집으로 왔으니……

딸이 친정집을 사준 것을 다 아는데, 그 집을 손자 녀석이 자기 이름으로 된 것을 이용해 살 때보다 두 배 정도 오른 값에 팔아먹고 어디로 이사를 갔는지조차 모른다고 하면 사위가 얼마나 처갓집을 한심하게 보겠는가. 내가 종적을 감춘 손자 놈을 찾을 기력도 없거니와 찾은들 그 못된 손자와 무슨 해결 방법이 있겠는가.

내가 딸네 집에서 묵은 지 일주일이 안됐을 때 딸은 원래 내가 자리 잡고 살던 부평 쪽으로 집을 보러 간다고 나갔다.

자기 집안이 조용하려면 사위가 오기 전에 해결을 해야 한다고 생각을 했는가 보다.

그날로 가서 자기 오빠가 새 여자와 산다는 동네 근처 아파트 단지 내에 27평짜리 아파트인데 마침 집 수리를 깨끗하게 다하고 앞 동의 더 큰 집으로 이사를 가기 위해 집주인이 비워놓은 집을 계약하고 왔다고 했다. 명의를 이번에는 막내 외손녀인 딸의 넷째 딸의 이름으로 샀다고 했다.

성당에 다니기 시작한 내 딸이 기차를 타고 가면서 간절하게 하느님께 기도를 드렸단다.

"하느님! 엄마가 기거할 수 있는 집을 속히 살 수 있도록 도와주십시오…"

"엄마 집이니까, 이제 엄마만 남았으니까요." 하고.

마침 첫 번째 복덕방에서 27평짜리 신혼부부가 살면 딱 좋은 집이 도배며 페인트며 새 집을 만들어 놓은 아파트가 8층 맨 끝에 있다고 보여주었단다. 딸은 그 집을 보고 바로 결정하고 곧 입주하는 조건으로 계약을 했는데, 무슨 빚을 내서라도 갈 곳이 없는 엄마를 위해 집을 사야만 했다고 한다.

방이 두 개 있으니 오빠도 가끔 오면 쓰라고 하면서 텔레비전, 냉장고, 밥솥, 전자제품과 소파 등등 시집가는 딸 살림 사주듯이 다 주문해놓고 왔다고 했다.

내 소원대로 사위가 십칠 일간 여행을 다녀오기 전에 모든 것을 끝냈다. 사위에게도 미안하고 고맙고 만 갈래 마음이었다.

참 고마운 딸… 생각할수록 눈물이 났다.

딸은 그 다음날 나와 같이 가서 모든 세간 정리를 함께하고 들통에 먹을 것을 바리바리 싣고 와서 새 냉장고를 꽉 채우면서 내게 농담을 했다.

"엄마! 난 딸이 다섯이다. 엄마까지…"

딸 네 명에 이제 엄마까지 텔레비전, 장롱, 이불도 다 사 주었으니 그 말이 맞다. 십칠 일 후 사위는 아프리카 몇 개국 긴 여행에서 돌아와 그 동안에 있었던 일은 전혀 모르니

"장모님이 이사를 하셨나?" 했을 것이다.


이사 간 아파트는 리모델링을 하고 내놓은 집이라 깨끗했다. 전세도 좋다고 집주인이 말했지만 중간에 또 이사를 하라고 할까 봐 그냥 집을 사기로 했단다.

딸은 한 주가 멀다고 와서 날 보살폈다.

나는 틈틈이 이 종이 저 종이에 써온 내 기구한 운명의 글을 밥만 먹으면 상을 펴놓고 조용히 아파트 전망을 내려다보며 쓰고 또 쓰고 했다. 딸은 자주 내려 와서 광고지 뒷면에 쓰는 걸 보고 노트를 사라고 돈을 주며 거기에 옮겨 쓰라 했다.

딸은 서울에서 차로 무엇인가 가득 싣고 와서 냉장고에 바리바리 채워주었고 나는 딸이 주는 생활비로 관리비도 냈다.

원숙이 양복로 해주고 여러가지 도와주며 호인날
정하고 호인식을 하여다 손님이 아주만아섯다
에식장에서 식을 올니고 천도교당에서 비로연
을잘찰엇다 육군분부에서 군인이 만이완다 일반
손님도 만이와서다 일연후 승현을난다 잘자
란다 나라에서 형명이난다 그댐칙여 충각선
생을 시골 학교로보낸다 보내서 가마만하게
되엇다 여전수 업시긴니 학교로 가게 되여서갓다
나는 딸을보내고 혼자자게되여다 중배육시짐보내
게되여섯 언제인천 학교로올지몰 나서그양호인식
을 올니고 도 학교로 갓다 실낭이가고 신부가오고일
주일마다 고데룰 한다 아기을가젓다 반갑다
인천 신흥 학교로 오게데여다 아기을난다 딸이
다 연난이다 승현 애비가 군데에서 미국가
는 시엄을 보 안는데 학격이데여다 미국을가
게되여서서 동생보고 가려고 아기 보고갈여고
스 이동 간다 승현 애비 갓희간다 온도사고고기
사고 미역도사고 가치간다 딸이건강해다
승현애비는 동생을보고 왓다 승숙은 배고 잇섯다
미국 간엘낫섯 승숙을난섯다 쌍이다 나는가
게을하여서 외 한머가 밧고 해산 바라지을
하시여다

1대가 새 노트에 정서하신 글

7부

여행을
떠나다

## 딸과 떠나는
## 행복한 여행


늘 바쁜 딸이다.

교사 생활을 17년을 하고, 유치원 설립으로 교육사업을 시작하니 매일매일 더욱 바쁘게 생활을 하고 있었다. 거기에 야간엔 대학원에서 유아교육을 전공하며 늦공부와 일을 병행했다. 제 집안 살림도 힘이 들 텐데 나까지 짐이 되는 것 같아 나는 항상 딸에게 죄스러운 마음이었다.

어느 날 딸이 이젠 엄마가 혼자 있어서 홀가분하다며 해마다 엄마 생일날 여행을 가자고 제안했다.

그동안 자식 둘, 손자 손녀들 키우며 할아버지, 할머니 모시느라 너무 고생만 했으니 이제 호강도 하라고 딸이 말했다. 염치없지만 나는 달력에 표시를 잘 해두었다.

내 생일은 음력 7월 15일 백중날이다.

옛날부터 어르신들이 여자 생일이 무슨 이름 있는 날이면 팔자가 안 좋다고 했다는데 내 생일에 절기 이름이 붙어서 안 좋은 것 아닌가? 생각했었다.

이사 후 첫해 내 생일이 돌아왔다.

약속대로 나와 딸, 안사돈, 이렇게 세 사람이 떠날 여행 계획을 짰다고 했다. 꿈에라도 가보고 싶었던 제주도 2박 3일 여행이란다.

딸 덕에 난생처음으로 비행기를 탔다.

소풍 가는 아이처럼 여행길이 설레다 못해 하늘을 나는 듯 너무 기분이 좋았다.

비행기 안에서 안사돈과 손녀를 키우던 일 등 많은 애기를 서로 주고받았다.

딸은 자기 딸들을 키워주신 두 분 은혜에 감사한다고 몇 번씩 말했다. 그리고 시어머니와 내게 똑같은 옷을 한 벌씩을 맞춰주어, 그 옷을 입고 다니면 주변 사람들이 쳐다보며 한마디씩 했다.

"어머, 쌍둥이 할머닌가 봐." 하고 마냥 신기한 듯 우리를 쳐다보았다. 그 동안의 모든 고생이 물로 씻은 듯 사라졌다.

이박 삼일 여행은 꿈처럼 지나갔다.


이듬해 내 생일날 또 딸과 나, 안사돈 셋이서 강원도 강릉과 설악산을 다녀왔다. 이번 여행은 버스로 다녀왔다.

나는 새해 달력을 받으면 곧바로 생일에 동그라미를 그려놓고 기다렸다. 세 번째 해부터는 당신 큰아들 집에 계시는 안사돈이 무릎이 아파서 걷기가 어려워 여행이 힘드신다고 하여, 딸과 나와 둘이서만 여행을 가기로 했다.

이번에도 내가 가보고 싶은 곳으로 떠났다.

온양 온천 관광호텔에서 1박을 하고 따끈한 온천에 몸을 담그고 온갖 쌓인 피로를 다 풀고 왔다.

딸은 근처 산책 겸 가볼 만한 곳을 가보자고 했는데 나는 경치를 보는 것보다 딸한테 한 많은 내 얘기를 들려주는 것이 더 좋았다.

# 내 인생 자서전을
# 쓰다

여행 내내 나는 딸에게 일기를 쓰듯 기록하고 있는 내 자서전 내용을 이야기 했다. 그간 고생했던 수많은 이야기를 딸에게 전하느라 아침식사도 저녁식사도 제때 못 먹기 일쑤였다.

새해마다 딸이 금년에는 어디로 여행을 가고 싶으냐고 물었다.

여행 네 번째인 올해는 내 고향 강화도의 전등사로 가자고 했다. 전등사는 내가 어린 시절을 보낸 강화도에 있어서 절 이름만 들어도 고향을 간 듯 기뻤다.

젊은 새댁 시절, 온 가족이 강원도 삼방사 샘물로 여행을 갈 때도 못된 시어머니의

"너는 집을 보거라." 라는 한마디에 나와 안 떨어지려고 우는 세 살배기 아들을 보내며 눈물만 흘리던 과거가 또 떠올랐다.

내가 팔순이 가까워오면서 효녀 딸과 여행을 다니게 되었으니

내 인생에 꿈같은 일이 일어나고 드디어 나는 행복을 찾았다.

나는 내가 고생한 얘기를 종이에 옮기는 일이 너무 보람 있었
다.

비록 자손들이 다 분가하여 지금 혼자 살아도 결코 외롭지 않
다. 아들이 2~3일에 한 번씩은 와서 자고 가고 내 집에서 좀 멀
리 보이는 아파트에 새 여자와 살고 있기 때문이다.

아들이 그 여자 집에 비록 얹혀살고는 있지만, 홀아비로 살
지 않으니 내 맘이 편했다. 딸은 이제 자식 걱정 말고 엄마는 엄
마만 생각하고 살라고 말한다.

생활비를 주면서 먹고 싶은 것도 마음대로 사서 먹으라고 했
다. 새해가 오면 새 달력에 내 생일을 표시해놓고 눈이 빠지게
기다리면 영락없이

"엄마, 여행 갑시다. 어디로 갈깝쇼?" 했다.

딸이 매번 나를 데리고 기차도 타고 버스도 타고 비행기도 타
고 국내여행을 시켜주었다. 가까운 곳은 하룻밤을 자고 먼 곳은
두 밤을 잤다.

벌써 오 년째, 나도 팔십을 넘겼다.

내가 절에 다니니까 이번엔 수원에 있는 유명하다는 절 '용주
사'를 가자고 했다.

용주사는 생각보다 아주 큰 절이었다.

용주사 넓은 절 방에 묵었다.

새벽 네 시. 스님들의 기상 시간에 맞추어 투숙객들도 눈을 비비며 일어나 세수하고 본당 넓은 마루에 함께 앉아 부처님께 예불을 드리고 아침 공양을 했다.

지금 와서 생각하니 여행 중에도 내가 딸을 쉬지 못하게 한 것 같다. 여행 중 내내 호텔 방이나 민박이거나 잠잘 시간도 아까워 딸아이에게 내 시집살이를 노트에 쓰면서 구구절절 말로도 들려주었다.

내겐 시간이 짧았다.

여섯 번째 해에도 모녀 단둘이 제주도 이박 삼일 여행을 또 갔다.

나는 제시간에 밥 먹는 것도 잊은 채, 내가 가져간 노트의 내용을 딸에게 자세히 얘기했다.

내년엔 부산엘 가자고 했다.

제법 두꺼운 노트를 꽉 차게 내 일생의 서러웠던 얘기를 글로 쓰면서, 딸을 볼 때마다 사건에 대한 설명까지 해주고 딸에게 간절히 부탁을 했다. 이 누런 봉투 속 노트에 다 써놓은 나의 일생을 꼭 책으로 내주면 좋겠다고….

딸이 집에 왔을 때도 나는 상을 펴놓고 꾸준히 내 한 맺힌 이야기를 글로 써 내려갔다. 엄마의 그런 모습이 멋있게 보인다며 좋아하는 딸에게 옷장을 열어 보이면서 여기에 이 누런 봉투를 둘 것이니 잊지 말라고 당부를 했다.

노트 몇 권을 봉투에 담아 두고도 매일 쓰고 또 쓰고 했다.

내가 무릎에 앉고 키운 둘째 외손녀가 글을 잘 썼다.

그 애가 서울대학을 다니며 데모를 앞장서서 하는 바람에 제 엄마 속을 무척이나 썩인 아이다. 그럴 때마다 내가 손녀를 잘 못 길렀나 하고 많이 괴로웠다. 난 그 애한테도 부탁을 했다.

네 엄마가 너무 바쁘니 너라도 이걸 책으로 내달라고.

둘째 손녀는 서울대학을 졸업한 후 영국으로 유학을 가서 영화감독 공부를 한다고 했다.

친정 어머니            시어머니                    2대
1대 故 최정숙 여사      故 민을순 여사

**두 어머니와 여행 중에**

# 바람처럼
# 구름처럼


누워서 생각해 보았다.

어차피 누구나 한번 왔다 가는 세상, 가는 세월은 모든 이의 상처를 씻어주는데 왜 그렇게 힘들게들 살아야 했는지—

죽으면 다 그만인 것을…


그렇게 일 년 내내 생일만 기다리던 나도 사돈처럼 여행이 힘에 부치기 시작했다. 밤에 시간 가는 줄 모르고 얘기하는 것도 아니고 내가 초저녁부터 자리에 누워 잠을 자니 딸이 여행 갈 재미가 없다고 했다. 새벽에 일찍 일어나 딸을 흔들어 깨워서라도 얘기를 하던 내게 이제는 거꾸로 딸이

"아침밥 먹어야죠." 하며 나를 흔들어 깨워도 피곤해서 일어나지 못하고 누워있었다. 누워서도 내년 생일엔 부산엘 가야지 자갈치시장도 가야지 하는 꿈은 끝이 없었다.

이야기를 마무리하면서도 두고두고 마음에 남는 것이 있었다.


　　　　　　　　　　　　　　　　　　　1대 ｜ 故최정숙

아들이 내 생각을 해서라도 이산가족 찾기 할 때, 서둘러 자기 아버지의 소식을 알려고 하지 않는 것이 몹시 섭섭했다.

아들아! 이제라도 신청을 해다오, 나는 네 아버지의 생사라도 알고 싶다.

아들은 "지금쯤 돌아가셨겠죠. 아니면 가정을 꾸미고 살던지…"

하지만 나는 내가 얼마 남지 않은 인생을 남편 소식도 모른 채 이렇게 끝내기는 싫었다.

그런 내 마음을 이렇게 글로 썼다

## 세월

지나간 세월이여
언제부터인가
가는 줄 모르게
소리 없이
밤이나 낮이나
바람처럼 구름처럼
흘러가고 있네.

아등바등하지 않아도
재촉하지 않아도
붙잡지 않아도
저 혼자 근심 걱정 없이
바람처럼 구름처럼
흘러가고 있네.
꿈같은 세월이여

　　　　　　　　　　　　　　1대 ｜ 故 최정숙

나는 세월이 빨리 가는 것을 보고 위의 글을 써봤다.
딸이 와서 보더니 크게 놀라면서
"와- 우리 엄마 시도 잘 쓰시네!"
하면서 이렇게 쓰는 것이 '시' 라고 했다.

# 어머니의
# 영면

어머니가 소화가 안 된다 하여 집으로 왕진 오신 의사 선생님이 링거를 놓고 가셨다. 가족이 옆에 있으면서 링거를 다 맞게될 때쯤 알려 주면 간호사가 와서 정리하겠다고 했다.

어릴 때 어머니가 업어 키운 엄마의 남동생(외삼촌)이 와서옆에서 지켜보기로 했는데 외삼촌이 그냥 자는 동안 엄마는 주무시듯 돌아가셨다.

막내 손자가 다섯 시에 퇴근하는데 내가 전화로 할머님께 퇴근해서 가보라 했는데 손자가 가보니 이미 할머니가 주무시듯돌아가셨다고 전해 왔다.

88세의 연세로 조용히 하늘로 가셨다.

어머니를 고향인 강화도 파라다이스 추모공원에 모셨다.


나는 이 글을 마치면서 눈물이 앞을 가려 더 이상 쓸 수가 없었다.
한참을 울다.

어머니의 자서전을 마치며

**2021년 봄, 2대 양원숙**

1대를 모신 강화도 파라다이스 추모공원

알 수 죽언자 어머니는 전도못먹구 죽언자를 슬피울우
신강 둘셋 고 노님이 오시여서 어머님 영간호을 하신다.
그러나 번에도 업시 어머니는 돌 아가시여라 할아버
지도기시고 한뒤 어머니은돌아 가시여서 연겨 살거만
한수 업슬뿌고 어머니 생각뿐이다 어이업시랍탄혼
되어나는올게 언니와말 다듬을한당올게 언니는집안
을 생각해도 다루 에서는 안될거시여 집안이줄어서고
리뒤 나올게는 솨잡도 나껏지만 읍슬하게 언니와올게
언니와 언니는 말다듬을 하는거슬본 나는 마음여뒤 다뤄
로울풀업서 나는 6세동생을 압세우고김도강오느는
강을떠나 당심니가 먼큰고오님댁은 아는길이라갓슴이다
큰고오님 녀이들더러와 반갑게마저저주시며 웃우신다
이것들더게와슬가 불상한것들세제모느 업싯을참에
서게왔슬가 고오님 저느이라하고반겨우시며 말슴들어기울고오담젝
주시며 며칠놀다가라 하심라저는 말슴들이기을고오담젝
슬고답답해서 왓슴녀랏 삼여러내고깁려나 사람 이심시과 멀
한다는되김도모느 느길을줄어서 각저각러 이모님반기시
며울우신다 내동생이업서 녀이들아김도오오는느되
저와구나 하시며 놀다가라하시 여녹담답하고올절
래서 어머나 분도서오모님라어모님을

1대의 자서전이 들어있던 누런 봉투

1대 어머니의 자서전을 출간하며

어머니와 같은 시공간에서 살아온 삶을

2대 딸이 회고한 글

# 2대

---

故 최정숙의 딸

# 양 원 숙

2대(5세)와 오빠(9세) 어릴 적 사진

# 1부

나의 어린 시절

영원한 터널은 없다.
고난과 역경은
도전의 정신을 주기 때문에

# 나의 어린 시절
## 거울 속 엄마

여섯 살 되는 해에 큰 기와집에서 작은 집으로 이사를 했다.

새로 이사 온 집도 마당이 꽤 길고 마루가 넓으며 방이 세 개나 있었다. 전에 살던 집에서의 일은 기억이 그림같이 흐릿하여 흑백영화 같다. 새 집에서 생각나는 또렷한 기억은 여섯 살부터 국민학교 고학년까지 저녁 잠자리에 들기 전 일이다. 자리에 누우면 언제나 엄마가 옆에서 자장가 대신 옛날이야기와 동화를 하루도 빼놓지 않고 들려주셨는데, 긴긴밤을 이야기로 지새우는 날도 많았었다.

어느 날은 같은 얘기를 듣고 또 듣고 싶어서 계속 더해 달라고 엄마를 졸랐다. 줄거리를 외울 만큼 다 아는 이야기인데도 같은 이야기를 일주일이나 넘게 들었다. 들을 때마다 흥분이 되고 새롭고 재미있었다. 나는 엄마의 이야기를 들으면서 내 머릿속에다가 영상을 그리고 줄거리 장면 하나하나를 상상하곤 했다.

그 옛날, 일제의 어두운 시대를 지나 해방과 동란 속에서도 내 어머니는 가정교육을 전문가 못지않게 하셨고 어머니의 그런 앞선 교육이 나의 상상력과 어휘력 발달에 큰 도움을 주었다고 생각한다.

밤마다 책을 읽어 주고 이야기를 해주시던 일은 해방 전 일본 고관네 집에서 가정부로 일하시던 기간 빼고는 내가 국민학교 이 학년 때 해방이 되었는데 거의 고학년까지 이어졌었다.

오빠와 함께 얘기를 들을 때도 많았다. 가끔은 우리가 이야기를 꾸미며 아랫목에 이불을 산처럼 높게 쌓아 놓고 그림자를 이용하여 연극을 하기 위한 무대를 만들었다. 호두 껍데기 반쪽에 그림물감을 칠하여 여러 종류의 동화책 주인공들을 만들어 연극에 등장시키곤 했다. 호두껍데기 인형을 손가락에 끼고 양옆에 오빠와 내가 서로 동화 속 인물을 정한 뒤 방에 전등을 껐다. 윗목에서 엄마가 따로 전구를 들고 조명을 비춰주며 세 식구가 그림자 동화 연극 놀이에 시간 가는 줄 몰랐다.

주인공의 목소리도 성우들처럼 각자가 흉내를 내곤 했다.

내 어린 시절 속에는 아버지가 없다.

만주에 돈을 벌러 가셨다는 정도 외엔 아버지에 대한 애착이나 그리움 등등 보고 싶다는 마음이 전혀 없었다. 매일같이 엄마와 오빠, 나 이렇게 재미있고 행복한 이야기로 기다려지는 밤이 있었기 때문이리라.

옛날이야기와 그림자놀이 속에 상상의 날개를 맘껏 펼쳤고 그래서 나는 참 행복한 아이였다. 어른이 되어 생각해보니 요즘처럼 아파트가 몇 평인지 전세나 월세인지 등등 잘 살고 못 살고는 그 시절 우리들에게는 하나도 문제가 되지 않는 요소들이었다. 지금도 어린이들 세계에서는 그런 것들이 아무런 의미를 가지지 못한다.

나는 가끔 엄마의 슬픈 어린 시절을 옛날이야기 듣듯이 들었다. 그 이야기들이 내 마음엔 와닿지 않는 먼 나라의 동화 속 이야기 같아서 이해하지를 못했다. 외할머니가 일찍 돌아가시자 못된 새엄마에 의해 국민학교를 중퇴할 수밖에 없었던 한을 얘기하면서 엄마는 많은 눈물을 흘렸다. 그때마다 나는 동화 속에 나오는 계모들을 생각하곤 했다. 콩쥐팥쥐전의 못된 계모, 장화와 홍련, 신데렐라의 계모 이야기 등등이 생각났으나, 새엄마에게 당한 엄마의 어린 시절 슬픔을 나는 실감하지 못했던 게 사실이다.

어릴 때 할아버지 할머니의 넘치는 사랑에 푹 싸여서, 아버지가 옆에 없었고 아버지라고 호칭해서 불러본 기억이 없어도 나는 유년기를 공주같이 조부모의 떠받듦 속에서 자라며 행복했던 기억으로만 꽉 차 있었기 때문이다.

나이 들고 철이 들면서 가끔 엄마가 화장대에 앉아 긴 머리를 빗어 쪽을 지시는데 거울 속에 비친 엄마가 참 예쁘시다는 생각을 하곤 했다. 그 모습을 한참 보고 있노라면 으레 엄마의 눈에서 눈물이 주르륵 흘러내리는 것을 자주 본 기억이 생생하다.

엄마가 왜 울까?

왜 엄마는 머리를 빗다가 눈물을 흘리는지…

무슨 슬픈 일이 있는지 어린 나는 늘 궁금했다.

지금 생각하니 꽃같이 젊고 예쁜 나이에 딴살림을 하는 남편 때문에 청상과부처럼 홀로 보내며 남편의 외도를 참아야 하는 여자의 슬픔, 그리고 같은 여자인 시어머니의 질투와 심술에 어찌 눈물이 나지 않겠는가.

내가 엄마의 자서전 글을 정리하면서 마음이 괴로웠던 것은 엄마에 대한 새엄마 학대는 내가 태어나기 전 일이지만, 시어머니의 가혹한 학대의 긴 세월 동안도 엄마에게 내가 아무 힘도 되어주지 못한 안타까움 때문이다.

하소연할 곳도 없었던 어머니!

그때는 내가 너무 어려서인지 모두 희미한 영상일 뿐…

나의 어린 날 기억 속에는 슬픔에 싸인 예쁘고 젊은 엄마가 지금도 울고 있다.

## 행복한 시절
## 꼬마 선생님

학교 가기 전 나는 동네 꼬마 선생님이었다. 낮에는 동네 아이들을 우리 집에 모아 놓고 늘 학교놀이를 했다. 내가 선생님이고 여섯, 일곱 명의 아이들을 모아 돗자리를 펴놓은 위가 교실이라고 하며 엄마한테 들은 동화 이야기도 해주고 무용도 가르쳐주며 제법 학교놀이로 낮 시간도 즐거웠다.

그 아이들은 오늘날의 가정 어린이집에 맡긴 것이나 다름없었다.

아침밥만 먹으면 선생님께 가야 한다고 예쁜 옷으로 갈아입고 왔다. 할아버지는 사랑방을 내주셨고 작은 칠판도 어디서 구해오셨는지 걸어주셨다. 아이들을 보낼 때 언니한테 또는 선생님한테 가서 잘 놀고 와라 하고 여럿이 먹을 간식까지 만들어 들려 보냈고, 아이를 맡기고는 장사를 나가는 엄마도 있었다.

8살에 학교를 입학한 후에는 내가 하교한 이후 오후에 오도록 했다. 소문이 나자, 저 아랫동네, 윗동네 다섯 여섯 살짜리 아이들이 더 왔다. 또래끼리 집 뺏기, 공깃돌 놀이, 고무줄놀이 하는 것보다 아이들 십여 명과 학교놀이로 선생님 소리 듣는 게 더 행복했다.

나는 어쩌면 커서 선생님이 될 것을 어릴 적부터 알았던 것 같다.


오빠는 너무 과보호를 받아서 툭하면 할머니가 오빠가 노는 데 쫓아가 역성을 드는 걸 자주 봤다. 동네의 오빠 친구들은 할머니만 보면 슬슬 다 흩어져 도망을 갔다. 해서, 오빠는 동네 왕이었다. 오빠가 육 학년 소풍을 가는데도 그 학급에서 단 한 명 학부형으로 우리 할머니만 소풍을 따라가셨다. 아이들이 때리거나 싸울까 봐 항상 먼발치나 뒤에 서서 놀이터를 감시했다.

할머니의 지나친 과보호가 오빠를 무능한 사람으로 만든다고 할아버지께서 자주 말씀하셨다.

할아버지는 늘 좋은 말씀을 해주시고 인자하심으로 우리를 교육하시며 아버지의 빈자리를 대신해 주셨다.

# 할아버지의
# 예언

　나의 할아버지는 천도교 인천 교구장님으로 십여 년 이상 그 직책을 맡고 계셨고, 늘 아빠의 빈자리를 채워주시고 우리 남매를 앉혀놓고 좋은 말씀을 저녁마다 해주셨다. 저녁 아홉 시만 되면 하루도 빼놓지 않고 맑은 물을 항상 정해놓은 그릇에 가득 떠다가 작은 상 중앙에 청수 물 (그때 할아버지께서 '청수 물'이라 칭하라 해서 그렇게 불렀다)을 놓고 그 앞에 할아버지가 앉고 양옆에 오빠와 내가 앉아서 매일 밤 9시에 20~30분 정도 기도문을 외운 뒤 눈을 감고 각자 기도를 드렸다. 그때 나는 매일 밤 똑같은 내용의 기도를 했다. "하느님, 저 할아버지 옆에 앉은 우리 오빠의 성공을 빕니다." 나는 지금 생각해도 나 자신을 위해 기도드리지 않고 어떻게 어린 나이에 오빠의 성공만을 기도드렸을까?

　할아버지는 기도가 끝나면 꼭 우리 남매를 앉혀놓고 이런저런 말씀을 해 주셨다. 지금 생각하니, 인성교육을 해주신 것이라 생각된다.

할아버지께서 '천도교'는 우리나라의 종교라고 하셨다. 기독교, 천주교, 스님이 계시는 절 등등 종교가 있지만 천도교는 우리나라의 최제우 박사께서 창시한 우리나라 종교라 하셨다. 할아버지는 천도교도 하느님을 믿고 하느님께 감사드리며 사람이 사람답게 바르게 사는 것을 목표로 삼는 종교라 하셨다. 일요일이면 한 번도 거르지 않고 양손에 오빠와 나를 잡고 인천지구 천도교회당에 매주 갔고 큰 홀 바닥에 교인들이 방석을 깔고 쭉 앉아서 할아버지(교구장)의 강론을 매주 들었다. 교인이 칠십여 명이 넘었다. 일요일마다 오전 열 시면 교회당 오전 행사가 시작되는데, 전체가 합창하듯이

"시천주 조화정 영세불망 만사지~"

정확한지는 몰라도 이 기도문이 생각난다. 모두 세 번에서 열 번인가? 소리 맞춰 합창하면 다음엔 교구장님(우리 할아버지)이 강단에 서서 교회 목사님이나 성당 신부님 같이 강론을 하셨는데, 할아버지께서는 강론 원고를 늘 준비하시어 교인들에게 좋은 말씀을 해주셨다.

할머니가 술을 드시고 며느리에게 못되게 해도 야단을 못 치시는 할아버지는 본래 인품이 착해서인지 집안에서 큰소리 한 번을 낸 적이 없다. 약주도 식사 시 가끔 반주 정도로 조금 드시니 술 취한 모습을 뵌 적이 없다. 오빠와 나는 어릴 때부터 성인

이 된 후까지 밤 아홉시면 청수를 모시고 할아버지가 해주시는 좋은 얘기를 들었다.

　나중에 지나고 보니 할아버지께서 우리에게 미래에 대한 기막힌 예언을 해주셨는데도 우리가 너무 어려서 그런 일은 있을 수 없다고 생각하며 건성으로 듣고 그냥 넘겼다.

　먼 앞날을 내다보시고 할아버지가 가끔 예언하신 것을 들어도 오빠와 내가 묵살했는데 우리 나이 육십 세가 넘어서자 둘이서 그때 모든 말씀을 기록해 놓을 걸 하고 후회를 많이 했다.

　지금도 뚜렷하게 기억나는 예언 두 가지가 있다.

　첫 번째로 "앞으로 소련이 망할 것이다. 그리고 우리나라에 원조를 청할 것"이라고 말씀하셨고,

　두 번째는 "앞으로 세계 100개국 이상의 나라 사람들이 우리나라에 모여 공설운동장과 같이 넓은 운동장에서 큰 잔치를 벌일 것이다"라고 말씀하셔서 오빠와 나는 크게 웃으며 할아버지가 기도를 너무 드려서 그런 말씀을 하신다고 웃어넘기고 말았다. 그 후 구소련이 망하는 것을 보며 우리 남매는 깜짝 놀랐고, 그때 할아버지의 예언 말씀이 생각났다. 또, 세월이 한참 지난 후 88올림픽에 100개국 이상의 나라 사람들이 와서 큰 공설운동장에 입장식을 하면서 세계적인 잔치가 열리는 것을 보고 오빠와 나는 또 한 번 크게 놀랐었다. 할아버지의 그 예언이 다 맞았기 때문에!

그리고 다른 말씀도 다 맞는 것을 보고 경악을 했었다. 앞날에 대한 할아버지의 예언을 인정할 때는 이미 할아버지가 돌아가신 후였다.

우리 할아버지는 세상의 앞날을 보고 계셨기에 미래에 일어날 것들에 대해 말씀해 주신 것들이 많았다. 그때는 우리가 너무 어려서 할아버지가 기도를 많이 하다 보니 머리가 이상해졌다며 그 말들을 무시했는데, 다시 생각할수록 미래를 보시던 할아버지의 예지력에 감탄을 한다.

# 우리 반
# 만화가

　나는 어려서 매일 밤 들은 엄마의 동화 이야기를 국민학교 때부터 그림으로 표현하기 시작했다. 6학년이 되면서 오빠와 만화를 그리며 이야기를 확장해서 꾸며나가기를 좋아했다. 종이를 오리고 지금 같이 스테이플러로 찍거나 집게로 물리는 것은 상상도 못했다. 그래서 종이를 자르고 바늘에 실을 꿰어 여러 개의 책을 할머니께 부탁해서 만들었다. (지금의 A4용지 1/4 크기 정도로)

　만화책 겉장은 이 세상에 없는 만화 제목을 크고 굵게 쓰고, 주인공 인물이나 동물을 정해서 스토리를 꾸며보았다. 1편부터 이어나갔는데 그 밑에 '○○○지음'이라고 내 이름을 쓰고 각기 다른 내용과 제목으로 10페이지 정도의 만화를 5~6편 넘게 그리며 창작품을 완성하였다.

　학교 숙제도 해야 되고 만화도 그리고 우리 6학년 4반 아이들이 좋아하는 모습을 상상하며 교실 뒤편에 만화를 걸어놓았

다. 누가 시키지도 않았고 그렇다고 담임 선생님 허락도 받지
않고 교실 뒤편 게시판 밑에 작은 못을 6개 이상 박아 실로 엮
은 만화를 걸어놨으니, 있을법한 일도 아니고 보통 사람들이 이
해하기 힘든 일이라고 커서 생각했다.

그땐 왜 그런 행동을 했을까?

나만의 동화 속 행복을 반 친구들과 나누고 싶은 마음이 컸
다. 다행인 것은 담임이신 이무옥 선생님이 아무 말씀 안 하셨
고, 더 중요한 것은 우리 반 아이들이 수업이 끝나기 무섭게 교
실 뒤로 우르르 몰려가 누가 먼저 어떤 동화책을 맡아서 읽느
냐, 쉬는 시간에 만화책을 읽으며 "얘 양원숙, '사자와 할아버
지' 3편은 언제 나오니?" 또는 "'생쥐와 고양이' 5편은 언제 나오
니?" 바쁘게 묻는 것이었다.

나는 신이 났다. "곧 나올 거야 ~" 대답하고는 집에 와서
후속편들의 내용을 생각하고, 그림을 그리고 말풍선을 이용해
말을 꾸미며 6학년 1학기 생활이 참 재미있었다.

2학기 들어서는 중학교 입시를 봐야 했으므로 아이들은 긴장
해 있었다. 나는 2학기까지도 만화를 계속 연재하였으며 아이
들을 숨 막히는 공부에서 잠시나마 해방시켰다.

우리 반 (6학년 4반) 친구들 중 중학교는 각기 달랐지만 인천
사범학교에서 또 만나 졸업 후 지금까지 모임을 이어오는 동창

들이 있는데, 국민학교 때 이야기가 나오자 한 친구가 나를 가리키면서 "넌 참 괴짜였어. 그때 어쩜 그런 생각을 다 했니? 네 만화 덕분에 우린 그때 참 즐거웠고 좋은 추억이 됐단다"라고 말했다.

그때 교실 뒤 만화를 즐겨 읽었던 추억을 기억해 주는 친구가 있다니. 난 참 행복한 국민학교 시절을 보냈구나, 생각되었다.

그날 발걸음도 가볍게 집에 돌아왔다.

# 해방과 더불어
# 아버지의 출현

　해방이 되고 만주에 가서 사업한다던 아버지는 다 정리하고 한국에 나왔다는데, 4년이 지나 내가 6학년이 되어도 집에는 오지 않고 있었다. 뒤늦게 알고 보니 만주에서 살던 여자와 아이 둘과 서울에 와서 딴 살림을 차렸단다. 내가 6학년 마칠 때 쯤에서야 아버지는 여자아이 둘을 데리고 집으로 왔다. 그때 철은 안 들었지만 눈치는 있었다. 아버지의 첩이 살기 힘들어 두 아이를 둔 채 집을 나갔기에 할 수 없이 아이들을 데리고 왔을 것이다 라고.

　아버지를 1년에 두세 번 가끔 보다가 갑자기 함께 산다고… 그것도 못 보던 다 큰아이 둘을 데리고 왔으니… 그 여자아이 중 큰 애는 첩이 데리고 들어온 아이고 작은 아이는 그 여자와 아버지 사이에서 난 딸이란다.

　갑자기 집안 분위기는 이상했고 나는 그 아이들이 너무 미웠다. 나는 '아버지'라고 변변히 불러보지도 못했고, 아버지의 사랑도 받아 본 기억이 없는데, 나보다 더 아빠와 친하고 사랑을 듬뿍 받은 것 같은 그 아이들의 모습이 어린 마음에 서러웠다. 하지만 내색은 안했다. 아무튼 나는 돌아온 아버지 덕분에, 마침 중학교 원서를 쓰기 시작할 때라 선생님이 되고 싶은 꿈을 이루기 위해서 서울사범 병설중학교에 갈 수 있게 되긴 했다.

혼자 가기도 어려운 형편인데, 두 아이 중 큰아이가 나와 동갑 나이이므로 할 수 없이 2명이 동시에 서울사범 병설중학교 특차 시험을 보았고 둘 다 합격해서 가게 됐다.

그 당시 오빠는 낮에는 일하고 밤에 야간 중학교를 졸업하고 야간 고등학교에 다니고 있었다. 할머니 눈에서는 불이 났다. 웬 계집애가 와서 서울 사범을 낮에 다니는데, 내 귀한 손자는 낮에 돈 벌고 야간에 학교를 다니니… 그 애를 얼마나 미워할까?

참 특이한 것은, 돈이 없어서인지 교과서를 두 아이에게 한 벌만 사주고 둘이 배우게 하여 수업 시간 끝날 때마다 둘이서 교과서 주고받느라 쉬는 시간이 바빴다. 집에서 숙제할 때도 책이 왔다 갔다 했다. 신기하게도 둘이 다 1학년 1반, 2반에서 각각 우등상을 받고 2학년으로 올라갔다.


3, 4, 5월을 잘 다녔다.

그런데, 6월 초에 우리 둘에게 '정학'이라는 학교 측 징계가 내려와 우리는 영문도 모르고 20여 일 학교에 못 가고 집에만 있어야 했다. 나중에 알고 보니, 2학년 올라와 학비를 내지 못해서였다. 엄마가 이걸 아셨다면 어디서 돈을 꾸어서라도 등교를 바로 하도록 하셨을 텐데 둘은 아버지가 시키는 대로 입을 다물고 있었다.

나는 해방 후 국민학교 2학년 후반기부터 아버지 없이 국민학교 4년간 6학년 졸업 때까지 학비를 늦게 냈다거나 그 외 납입금을 지체한 적이 없었다. 엄마는 앗살하셨고 셈이 바르셨다고 기억한다.

중학교 2학년에도 3, 4, 5월은 다녔으나 6월초 정학을 받고 집에서 쉬는 중에 6·25 사변을 맞았다.

처음부터 함께 살지 않았던 낯선 아이들 둘을 가족 속으로 데리고 온 죄로 아버지는 집안 분위기와 가족들의 표정이 좋지 않음을 참 힘들어하는 듯했다.

전쟁이 터진 후 어느 날, 아버지는 서울이 궁금하다며 10여 일잡고 떠났고, 한 달이 가도 서울로 간 아버지는 소식이 없었다.

2부

소원성취

## 소녀 가장이
## 되다

할아버지는 먼저 살던 집에 사실 때 철도청에 다니다 정년퇴임을 하셨는데 그동안 아버지 대신 우리 가정을 그런대로 풍요롭게 살 수 있게 지켜주셨다고 엄마는 말했다. 퇴임 후 돈 버는 사람 없이 다섯 식구가 그래도 잘 살은 셈인데, 그때는 경제가 어려운 시절이었으니 끼니 걱정을 안 하는 집은 없었다.

풍요롭지는 않았지만, 훌륭하신 할아버지가 아버지의 2배나 되는 사랑과 인성으로 키워주셨고, 할머니가 엄마에겐 못된 시어머니였다지만 이제 그런 모습은 전혀 없고 내겐 궁전 공주마마의 큰 상궁이나 시녀같이 지나치게 주시는 사랑 속에, 나는 안일할 수는 없다고 생각되었다. 내가 이 상황에서 할 수 있는 일을 생각하다가 어느 날 아이디어가 떠오른다며 엄마께 부탁했다.

내가 돈을 직접 벌어야겠다는 생각!

처음엔 고구마 1관이 너무 많으면 잘생긴 것으로 크기가 고르게 반 관이라도 사서 잘 쪄서 달라고 하였고, 엄마는 내 뜻을 알아들으시고 그대로 해주셨다. 나는 박스에 한 개, 한 개, 집에 있는 창호지로 바닥을 깔고, 삶은 고구마를 보기 좋게 진열하여 번화한 시장 사람이 많이 다니는 큰 상점과 상점 사이에 자리를 만들고 삶은 고구마를 진열해놓고 팔았다.

그때 내 나이 열다섯 살.

고구마를 산 돈과 팔아서 남은 돈을 계산했고, 며칠 해봤는데 안 팔린 것의 처리가 곤란함을 느꼈다. 할 수 없이 남은 것은 집에 가져와 온 가족이 끼니로 먹었다.

밑지는 장사는 없다고 했던가? 돈이 모였다.

2km 못 가서 동인천 역전에서 200m쯤 가면 큰 야채깡(도매 상점들)이 있었다. 나는 아침 일찍 거기 가서 노란 작은 참외를 쪽 고르게 골라, 내가 들고 올 수 있을 만큼 양손에 가득 사왔다. 며칠째 팔던 그 자리가 은연중에 내 자리가 되었다.

다음 날 새벽에는 엄마와 함께 가서 더 많이 사 올 수 있었다. 참외를 팔면서는 고구마같이 재고 걱정이 없었다. 남은 것은 그 다음 날 팔면 되니까. 이렇게 피난 가기 전 팔았던 장사 밑천을 헝겊 주머니를 만들어 허리에 끈을 매고 주머니를 매달고 속옷 속에 현금을 차곡차곡 접어 깊이 넣고는, 목욕할 때 외에는 밤이나 낮이나 차고 있었다.

　　　　　　　　　　　　　　　2대 ｜ 양원숙

두 번의 피난 생활 내내 그 장사 밑천을 몸에 지니고 다녔었다.

꿈에 그리던 사범학교를 다니게 되고 오전엔 학교에서, 오후엔 엄마와 교대를 하고는 밤까지 시장 내 좌판 장사를 시작하면서 좌판을 책상 삼아 숙제도 하고 예습도 하고 탐정소설, 연애소설, 위인전, 카네기의 성공 시리즈 등 손에 닿는 대로 읽었다.

책에 빠지니 인생이 즐거웠다. 어떤 때는 손님이 앞에 와서 가만히 서 계셔도 아래를 보고 책을 읽거나 숙제에 열중하느라 못 볼 때가 많았다. 옆 친구들이 "애, ○○아! 손님 오셨어." 하면 그때서야 얼른 보던 책을 놓고 일어나 인사를 꾸벅하며 쑥스러워했었다.

내 앞에 오신 손님은 으레 그 좌판에 있는 물건들을 다 살듯이 옆에 쌓아놓으신다. 당시 미군부대 PX에서 나온 것들이다.

칫솔, 치약, 소고기 캔, 소시지, 초콜릿, 껌 등을 있는 대로 쌓아놓으시고는 계산하라신다.

그 고마운 손님 덕분에 좌판은 텅 비게 된다.

그 외 검은 안경 쓰신 신사, 중로의 할머니 등 내겐 단골이 많았다.

친구들은 자기들은 하루 종일 팔아도 내가 오후에 잠깐 파는 것을 못 따라간다고 우리 엄마한테 말하곤 했다.

하지만, 그렇게 열심히 좌판 장사를 했어도 2학년 1학기 2기분 학비 못 낸 아이들 속에 끼어 복도로 나가야 했다.

나는 다른 방법을 찾아야 한다고 생각하고 등하교 길에 궁리를 했다.

# 호떡 파는
# 소녀

불가마 속을 들여다보는 두 사람의 빨갛게 달아오른 얼굴에 땀방울이 흐른다. 한 고학생을 위해 새벽 네 시에 일어나 세 시간에 걸쳐 호떡을 굽기 때문이다. 가게 안에 설치해 놓은 굴 같은 간이 불가마는 긴 뒤집기 꼬챙이로 깊숙이 넣었다 빼면서 호떡을 구울 수 있는 획기적인 가마다. 그냥 프라이팬에 기름을 두르고 굽는 호떡과는 맛이 다르다. 흙으로 빚은 이 작은 가마는 불이 가마를 뜨겁게 달구어 흑설탕을 듬뿍 넣은 호떡이 구워진다. 그 안에서 호떡이 노릇노릇 구워지면, 꺼내어 납작하게 눌러 모양을 낸 후 뒤집어 다시 가마에 넣는다. 이렇게 만든 호떡을 김이 나간 후에 큰 상자에 비닐을 깔고 가지런히 담는다.

호떡 백 개를 매일 아침 만드는 이 부부는 피곤해 보이지 않았다. 딸 같은 한 여자 고학생을 돕는 일이 땀 흘리는 만큼 보람 있는 일이라 생각했기 때문이다.

내가 다니는 인천 사범학교는 매점이 교실에서 너무 멀고,

혹 매점을 간다 해도 점심시간에 여고생의 배를 채우기에는 메뉴가 별로 없었다.

나는 그 점을 이용했고 방과 후 시장 코너에서의 좌판 장사만으로는 수입이 적었기 때문에 학급 매점을 점심시간에 단일 메뉴로 열기로 했다.

'왜 진작 이 생각을 못했을까. 교실 매점을 하는 거야. 점심시간을 이용해서 팔고 메뉴는 도너츠나 호떡이 안성맞춤이다' 라고 생각했다. 학교 주변을 며칠간 뒤지다가 이 호떡집을 발견했다.

인자하게 생긴 오십 대 초반의 아저씨와 아주머니는 쾌히 승낙했다. 새벽 일곱 시 십 분 전까지 어김없이 호떡을 백 개씩 싸놓기로 약속했다.

부부는 언제나 웃는 낯으로 호떡을 큰 보자기에 싸놓았다. 그리고 나에게 먹으라고 하면서 늘 열 개씩 더 넣어 주었다. 한 손엔 책가방, 한 손엔 호떡 백 개를 들고 2킬로미터 정도를 걸어가는 것은 여학생의 몸으론 힘든 일이지만 잘 이겨냈다. 일요일이나 방학 때를 빼고는 하루도 거르지 않았고, 왜 아버지가 납치되어 남들같이 행복한 소녀 생활을 못해보는 환경이 되었나? 하고 원망하거나 비관하지 않았다. 목표를 향해 할 일이 많기 때문에 오히려 의욕이 솟았다.

오늘 이 호떡을 다 팔면 본전을 빼고 30퍼센트가 이익금으로 남는다는 기쁨에 발걸음도 가볍게 아무도 없는 교실을 향했다.

교문에 규율부도 서 있지 않은 새벽, 이 시간에 행복한 친구들은 잠자리에 있을지도 모르는데 나는 텅 빈 교실 내 자리에 가서 발밑에 무거운 호떡 상자를 깊숙이 밀어 넣고 두 시간 이상 책을 읽었다.

현재의 불행은 내 장래의 성공과 행복을 이루는 데 도움을 줄 것이라고 생각하며 감사히 이겨냈다.

4교시가 끝나고 점심시간이 되면 내 주변은 왁자지껄했다.

도시락을 다 먹고도 사 먹는 친구, 도시락을 일부러 가져오지 않고 사 먹는 친구, 고학하는 친구를 돕고자 배가 고프지 않은데도 사 먹는 친구, 돈 없으면 외상으로 먹는 등 언제나 십여 분 만에 호떡 백 개는 완전 동이 났다. 빈 상자를 차곡차곡 접어서 보자기에 싸면 화판 크기만 해서 같은 학교 후배들이나 앞 건물 남학생들은 알 턱이 없었다.

집에 갈 때는 호떡집에 들러 빈 상자를 주고 갔다. 그리고 집에 도착하기 무섭게 교복을 벗고 시장으로 나갔다. 일인 다역을 하는 나는 시간 활용을 최대로 했다. 마음이 조급했고 빨리 사범학교를 졸업해서 교사로 출발하고 싶었다. 아니, 빨리 성공하고 싶었다.

오후부터 밤 열시까지는 좌판에 물건을 팔면서도 시간이 많이 남아, 물건을 팔면서 계속 책을 읽었다. '성공'이란 글자가 들어간 책은 모조리 읽었다. 「카네기 성공」, 「성공의 비결」, 「성공으로 가는 길」 위인들의 성공이 담긴 책인 「위인전」 등을 하루

이틀에 한 권씩 읽어갔다. 날이 갈수록 성공은 노력에 의해 이룰 수 있고 가까워질 수 있음을 긍정적으로 생각하게 됐다.

세월은 생각보다 빨리 갔다.

사범학교를 우등으로 졸업하고 시내 학교에 발령을 받았다.

발령장! 종이 한 장의 위력은 컸다.

어제의 내가 아니고 학급 매점도 시장 모퉁이 좌판 장사도 다 끝냈다. 어엿한 교사로서의 출발이었다. 온 정열을 쏟아 내가 맡은 반 아이들을 가르쳤다.

세월이 후딱 지난 것을 잊은 나는 어느 날 양머리를 딴 고학생을 도와주기 위해서 호떡을 구워주시던 아저씨, 아주머니를 만나보고 싶어 그길로 가보았다. 하지만, 주변의 상가가 다 변하고 업종이 바뀌고 주인이 바뀐 뒤였다.

"지금부터 몇 년 전…" 하면서 그분들이 어디로 가셨냐고 물어보면 한결같이 모두 모른다고 했다. 그분들이 살아 계시다면 아마 지금쯤은 백세는 되셨을 텐데. 나의 성공한 모습을 보여드리고 신세도 갚고 싶은데 그 두 부부의 모습은 보이지 않았다.

—수필부문 문학상을 받은 작품 중에서

# 소원을
# 이루다

교사 생활은 순조로웠다. 내 스스로에게 한 약속도 꼭 지켰다.

학비 못 내는 아이를 개별적으로 불러, 집에 가서 학비 못 낸 것에 대해 짜증 내거나 심술부리지 말라고 당부도 했다.

못 주는 엄마는 더 괴롭다고!

너는 그냥 공부만 열심히 해서 성적을 올리자고…

늦게 납입해도 선생님이 너에게 뭐라고 말하지 않겠다고…

1학년을 맡으면 1학년에 맞게, 5, 6학년을 맡으면 그 학년에 맞게 아이들을 안심시키고 아이들의 인성교육과 성적을 올리는 데 열중했고, 아이들에게 즐거운 학교생활의 추억을 만들어주려고 노력했다. 신기하게도 교사가 노력하는 대로 따라오는 게 아이들인 것 같다.

어린아이들도 다 알고 있었다.

옆 반에서 수업료 안 낸 아이가 긴 자로 손바닥을 맞고 복도로 쫓겨나가 청소를 한다는 사실을…

　나는 우리 반 아이들이 수업료를 좀 늦게 납입해서 꼴등을 한
들 그 대신 성적을 1등으로 올리자! 하고 마음먹었다.
　내 방법은 뜻하지 않게 큰 효과를 봤다. 오히려 역효과의 위
력을 봤다고 할까? 어느 날 아침 직원 조회 시 사친회비 납부
95% 달성, 내가 맡은 반이 전교 1등이라는 영광의 발표를 듣고
놀랐다. 항상 95%만 납부해도 된다고 정해놓았으나 모든 반
이 그에 못 미쳐서 힘들어했다. 선생님들이 날 보고 아이들을
몰래 꼬집었냐고 농담을 하기도 했다.
　어떻게 심하게 독촉도 안 하는 것 같던데 조용히 일등을 하
냐? 하며 방법을 물었다. 알고 보니 아이들이 집에 가서 내가
했던 말을 그대로 엄마한테 말한 것 같다.
　"절대 돈 달라는 말 하지 마라. 못 주시는 엄마 마음은 더 괴
롭단다. 우리는 공부만 열심히 하고 매일 100점 맞는 쪽지시험
지라도 보여 드려서 엄마를 기쁘게 하자"고 전한 것이 부모님께
감동이 되어서 돈을 구해서라도 빨리 주셨던 것 같다.
　그뿐이 아니다. 아이들이 담임인 나한테 감동을 했는지 무서
우리만치 공부를 열심히 하는 게 보였다.
　햇병아리 교사 때의 일이다. 처음 부임해서 이 학년을 맡았
었고 다음 해에 오 학년을 맡았던 아이들을 그대로 이어서 육
학년 담임을 맡게 되었는데 아이들이 나를 도왔는지… 전교 70

학급 중에서 일제고사 전교 일 등을 했다.

  같은 학년 중에서도 다른 반보다 평균 7점이 높았다. 다음 일
제고사 때 우리 반 감독으로 배정받은 남자 선생님은 칠판 앞
교단에 교사용 책상을 올려놓고 그 위에 의자를 놓고 앉아 높은
데서 아이들을 감독하면서 아이마다 책가방으로 칸을 막게 하
고 무섭게 시험감독을 했다. 혹시 이 반 아이들이 컨닝을 해서
일등을 했나? 하는 의심스런 생각에서 일게다. 다음 일제고사
때도 결과는 전 학력고사 때와 똑같이 평균 점수가 월등하게 차
이가 났다. 그 후도 두 달 또는 석 달에 한 번씩 있는 시험 때마
다 감독을 무섭게 해도 우리 반 아이들의 내면 실력은 어떤 상
황에도 변함없이 월등하게 나왔다.


  나는 신바람이 났다.

  우리 반 아이들에게 청소시간을 일주일에 한 번 대청소 날을
정하고 매일 있는 사십분 청소시간을 없애버렸다. 교실의 자기
자리 주변 1m 반경은 본인 스스로 깨끗이 관리하기로 정하고
복도에도 자기관리 위치를 확실하게 정해 주었다.

  전교 청소시간은 대단했다.

  긴 복도가 시끌벅적한데, 우리 반은 복도 쪽 창문을 다 닫고
커튼을 치고 앞문 뒷문을 안에서 잠근다. 문에도 안에서 커튼을
쳤는데 커튼은 내가 천을 옷감 시장에서 떠다가 직접 손수 만들
어 달았다.

청소시간은 사 오십 분 정도, 길게는 한 시간까지. 그 시간에 우리 반은 교과서를 앞부분부터 다시 훑는다고 할까? 복습 시간을 갖고 별도 쪽지시험을 보고 반복학습에 열을 올렸다. 청소 시간에는 선생님들이 교무실이나 숙직실 등 그 외 어디든 가 계시고 교실 안과 복도에서는 아이들끼리만 소란하기 일쑤였다.

아이들은 부모 또는 교사가 인정하고 격려하는 만큼의 성과를 보일 수 있는 능력이 내면에 잠재해 있다는 사실을 아이들도 느끼고 나 역시 터득했다.

늘 참 잘한다.

잘할 수 있다.

잘할 줄 알았어.

역시 잘할 것이라 믿었지. 하는 선생님의 칭찬에 아이들은 신이 났다. 칭찬은 고래도 춤추게 한다는 말은 사실이다.

일제고사 전교 일 등을 하는 우리 반 아이들은 신이 났고 그 자리를 뺏기지 않으려고 더욱더 노력을 했다.

일등을 차지할 때마다 6학년 아이들의 호기심을 유발하는 탐정소설 「스무가지 얼굴」(에도가와 란포 작)을 연재로 한 시간씩 이야기해 주었다.

수업료 납부 95% 목표 달성도 다른 반보다 항상 빨리 달성했다.

환경정리 심사도 분기마다 하는데 전교 일 등.

학교에서는 일등 한 학급은 종류별 페넌트를 만들어 교실 출입문 학년 반 표시 밑에 걸게 했다. 우리 반은 두 가지를 다 받을 적이 많아 앞문엔 전교 일제고사 일 등, 뒷문엔 환경정리 심사 일 등의 페넌트를 걸었다. 이 일로 우리 반 아이들은 큰 긍지감을 가졌다.

지금 팔순이 넘은 나이에도 사범학교 동창들이 십여 명 이상 매달 모인다.

그 자리에서 옛날이야기를 할 때면, 졸업 때 둘이 손잡고 부임한 친구가 가끔 얘기를 꺼낸다. 쟤는 (나를 가리키며) 얼마나 극성스러웠던지 일제고사 전교 일 등을 했고 나는 반대로 전교 꼴등을 했다고… 우리는 만나면 이십 대 교사 시절 옛날이야기로 꽃을 피운다.

우리 반의 이러한 이야기는 직원 조회나 종례 때 교장선생님도 모범 사례로 가끔 이야기해 주셨다.

교장선생님께서는 또 가끔 6·25 때 온 식구가 부산으로 피난을 가서 보니 먹고 살 일이 막막해서 남포동 시장 모퉁이에서 마누라(사모님)와 밑천이 제일 안 드는 것 같아서 연탄불 위에 옛날 솥뚜껑을 달구어 밀가루에 배춧잎이나 채소 잎을 넣고 빈대떡을 부쳐서 팔았었다는 얘기를 슬프고도 재미있게 해주셨다. 나는 교장선생님의 그 꾸밈없는 말씀을 듣고 나도 6·25 때 사범학교 졸업을 위해 이것저것 고학했던 추억을 떠올리며 고생한 것은 흉이 아니라 자랑이라고 생각하는 계기가 되었다.

그때 우리 반 친구들의 도움이 아니었으면 졸업을 수월히 할 수 없었다고 생각하면서 그 동창 친구들이 늘 고맙고 감사하게 느껴진다. 어떤 때는 밥을 사거나 작은 선물을 하면 오히려 친구들은 내게 고맙다고 말한다.

나는 우리 반 친구들에게 빚진 것이 더 많아서 갚는 것뿐인데…

라즈니쉬의 말이 생각난다.

'이제 이만큼 먼 길을 걸어와 놓고 돌아보는 위치에서는 불행이나 어두운 기억들이 오히려 신선하고 정감적이어서 차라리 행복했던 기억들보다 더 빛을 발하며 뜨겁게 다가온다.'

지금 내가 그렇다.

# 사춘기를
# 찾고 싶어서


　국민학교 교사로 근무한 지 1, 2년 차 되는 해부터 친하게 지내던 동창생 6명이 우리가 6·25사변 속에서 피난 생활이며 학비 못 낸 찌든 삶으로 즐겁고 여유 있게 사춘기를 지내지 못한 학창 시절을 청춘의 멋진 삶으로 되돌려 보자는 의견이 맞아, 과거에 누리지 못한 사춘기를 누려보기로 나섰다.

　교사 2년 차 되는 해부터 마음의 여유도 생기고 가정도 안정되어가니 여름방학, 겨울방학을 이용하여 1주일씩 여행 계획을 세웠다. 여름엔 바다로, 겨울엔 산으로 직접 밥을 해 먹고 민박을 하기로 합의를 보고 첫 여행을 출발했다.

　큰 배낭들을 메고 쌀과 밑반찬들을 분담해서 직접 만들거나 준비하여, 큰 배를 타고 1시간 이상 가는 만리포로 향했다. 푸른 바다, 파도치는 물결을 만끽하면서 고생한 끝에 이런 멋스러운 기회도 오는 것에 감사했다. 민박집은 꽤 많았고 넓은 집을 얻어 넓은 마당, 넓은 방에 그동안 찌들게 산 인생이 확 펴지는 듯 젊음의 행복함을 만끽했다.

우리가 묵은 민박집 건너편 집에 서울에서 왔다는 남자 대학생 그룹이 7, 8명 되는 듯했다. 담이 낮아서 서로 다 보였다. 저녁을 해 먹고 나서 그쪽 대표가 우리가 있는 집으로 와서 함께 놀자고 제안했다. 요즘 아이들의 미팅인 셈이다.

우리는 3년간 사범학교를 다녔어도 교실이 각 건물 반대편에 있어서 남자 보기가 어려웠고 남녀공학 한 교실에서 있어 보지 않은 세대라서 참 쑥스러웠다. 각자가 근무하는 학교에서 남자 선생님들과 동 학년에서도 같이 지냈지만, 그것과는 달리 묘했다.

우리는 저녁을 먹고 건너편 대학생들의 초대에 가기 전 각자 대학을 정하고 이름을 바꿨다. 우리가 ○○학교 선생이라고 하면 처음부터 분위기가 재미없을 것 같아서 E여자대학 ○○과 2학년 ○○○, S대학 생물과 2학년 △△△ 등으로 빨리 바꿨다.

나는 S여자대학 생물과 2학년 김혜선으로 개명을 했다. 순간에 바뀐 6명의 이름을 외우기는 힘들었으나 캠핑 1주일까지는 지켜보자 했다.

소개가 끝나고 한 명씩 사이사이에 앉아 도착 후의 첫 밤이 어둡도록, 즐겁게 자유인이 되어 즐겼다. 우리 일행은 생전 처음 하는 미팅에 모두 떨렸다.

2대 | 양원숙

다음 날 오전 늦게 아침밥을 먹고 수영복에 가운을 두른 후 해변으로 나갔다. 큰 튜브는 현장에서 대여를 하여 우리 6명은 뜨거운 태양 아래 맘껏 자유인이 되어 즐겼다.

어제 합세한 남자 대학생들도 같은 장소로 와서 수영을 했는데, 그들은 고등학교 동창생들로, 각기 다른 대학에 전공, 과도 다 달랐다. 이름은 소개받았지만 기억이 안 나는 친구는 성만 외웠다.

새파란 바닷물 위에서 한참 재미있게 물장구를 칠 때 내 친구가 날 부른다는 것이 어제저녁 소개한 김혜선이 아니고 "양―" 하고 부른다. 그때 바로 뒤에 있던 남자 한 명이 "양?" 하면서 "양―" 하더니 고개를 갸우뚱한다.

"아―! 맞다! 혹시 인천창영 국민학교 졸업하지 않았니?" 한다. 나는 더 이상 속일 수 없어 고개를 끄덕였다. "아, 너 나 몰라?" 한다. "한○○. 나야~ 너와 같이 서울에 중학교 입학 후 창영 국민학교 졸업 전 전교생이 모인 데서 단상에 올라 너 서울사범 병설중에 갔다고 소개하고 나 경복중학교 갔다는 한○○야" 하며 반겼다.

이게 웬일인가? 세상이 이래서 넓고도 좁다는 말이 있구나.

우리 일행의 정체는 하루도 못 가고 탄로가 났다. 참 신기했다. 찌들게 산 우리 여자팀은 생전 처음 겪는 일이라 생소했고 흥분돼 있었다. 자기가 선생이라는 것도 잊고 아이들같이 좋아하는 천진한 모습 그대로.

뜨거운 태양이 저물어 갈 때 우리는 물에서 나와 저녁을 먹고 다시 모두 모래사장 언덕에 모여 앉았다. 모닥불을 피우고 노래를 불렀는데, 지금 이 나이가 되도록 그 추억의 노래를 잊을 수가 없다. Unchained Melody…

불꽃 튀는 모래사장에 10여 명이 둘러앉아 있는데 유난히 양 ○○라는 남학생이 가수같이 잘 불렀다. 그때 우리는 모두가 'Unchained Melody'를 배웠다.

Oh, my love, my darling I've hungered for your touch
A long, lonely time
And time goes by so slowly And time can do so much
Are you still mine?
I need your love I need your love
God speed your love to me

우리 일행은 다시 일상으로 복귀해서 열심히 근무하면서, 주말이면 만나 그때 그 이야기로 꽃을 피웠다.

나의 그동안의 삶은 사춘기라는 걸 모르고 보냈는데, 이제 이성을 알고 첫사랑을 느끼게 되었다. 참 신기했다. 그중에서 내 눈에 들어온 남학생은 곽○○였다. 내가 그 애가 맘에 든다고 교제해 보고 싶다고 공개했다. 그런데 친구 한 명도 그 애가 좋다고 한다. 나는 친구보고 내가 찍은 아이니 너는 노터치 하라고 단호히 말하고는 모두 깔깔 웃었다.

하지만, 막상 일상으로 돌아온 나는 일에 충실했고 가정의 경사 오빠 결혼식에 열정을 쏟느라, 연애는 뒷전으로 밀렸다. 그 후 친구 6명 중 두어 명만 '나는 ○○가 좋아' 하면서 개별적으로 서울과 인천을 오가며 만나는 듯했으나, 모두가 가슴에 아련히 남는 첫사랑으로 막을 내렸다. 나의 첫사랑도 그렇게 'Unchained Melody'와 함께 묻혀버렸다.

이렇게 우리는 행복한 시절도 있었다.

지금도 어디서든 Unchained Melody만 나오면 가슴이 뛰고 아련하다.

3부

5 · 16과
주말부부

# 하고 싶은 일을 하는
# 행복감

국민학교 교사 생활은 내 적성에 맞았다.

자유당 빽이 난무하던 때이지만 우등생만큼은 인천 시내 7대 국민학교에 고루 발령이 났다.

내가 발령받은 초임지 학교는 시내에서는 약간 떨어져 있었지만 인천 시내 7대 국민학교 안에 드는 큰 학교였다. 나와 우리 반 친구 한 명. 그렇게 우리 둘은 우등생으로 손을 잡고 그 학교에 근무하러 인사를 갔다. 친한 친구들이 뿔뿔이 헤어져서 경기도 각 곳으로 발령을 받아 떠났다.

일요일이나 방학이면 만나서 교사 생활의 에피소드며 교사들 간의 얘기, 자기가 맡은 아이들에 관한 이야기로 꽃을 피웠다. 매달 월급을 받고도 그 당시는 쌀 배급도 받았다. 오빠는 군인의 몸이고 나는 할아버지, 할머니, 엄마 그렇게 네 식구의 가장 노릇을 하면서 풍족하지는 않았지만 행복했다.

할아버지와 할머니, 엄마는 나를 대견해 하셨고 늘 응원하셨다. 몇 년을 열심히 근무하면서 3년 차에 도내 연구수업을 학교 대표로 우리 반이 하게 되어 장학사님으로부터 많은 칭찬을 받았다.

교장실에서 불러서 갔더니, 장학사님이 소원이 뭐냐고 물으셨다. 집에서 통근거리가 멀므로 집 근처 학교로 갔으면 좋겠다고 대답했다. 다음 학년에 공적을 쌓았다며 발령을 내주셔서 가까운 거리를 걸어서 편안히 출퇴근하고 있을 때 오빠가 결혼한다고 준비 중이었다.

오빠는 28세, 올케는 23세 된 직장에 나가지 않는 얌전한 규수였다. 오빠는 육군본부를 다니면서도 결혼자금을 준비해놓은 것이 없었다. 그렇다고 결혼을 안 할 수도 없어서 결혼 날짜를 잡고는 엄마의 걱정이 또 태산이었다. 엄마의 시름을 덜어드리겠다는 생각에, 내가 그동안 적금 모은 것으로 오빠를 장가보낼 수밖에 도리가 없었다.

결혼 1년 후 조카가 생겼다. 나도 동생 없이 자라서 조카가 너무 귀여워, 일요일이면 내가 근무하는 학교 마당에 데려가서까지 놀게 했다. 이렇게 오빠와 새언니 사이에 태어난 아들 덕분에 할아버지, 할머니, 엄마와 나는 아기를 보며 행복한 생활을 이어갈 수 있었다.

조카가 세 살 되던 해 5·16이 일어났고 그때 내 나이 스물

여섯이었다. 교직 생활 6년 차에 접어들 때였다. 혼담이 오고
가고 선을 보고 있을 즈음, 국가에서 '혁명과업'이란 것을 발표
했다.

# 5 · 16
## 회오리

5 · 16이 일어난 후 교사들의 인사이동이 범국가적으로 있었다. 초등 교사는 8월 중순 여름방학 때 도시에서 6년 이상 근무한 교사와 군 소재지의 농촌과 시골에서 6년 이상 근무한 교사의 교체 근무를 명하는 발령이었다.

나는 인천 시내에서만 6년째 근무했기에 경기도 군 소재지에 1차, 2차, 3차까지 희망을 써냈다. 어릴 적 6 · 25 때 피난을 갔었던 큰할아버지, 작은할아버지가 사시던 평택군을 1차 지망으로 써내고 2지망은 화성군으로, 주로 육로로 다니는 곳을 써냈다.

발령 기준은 결혼한 여교사도 해당되나, 임신했을 경우 의사의 증명을 제시하면 발령에서 제외된다고 했다. 결혼한 여교사는 내가 알기로 거의 임신 증명을 내는 것 같았다. 모두가 수군수군 웅성웅성하면서도 부러워했다.

그렇게 제외 대상을 명기하니, 남자 교사들과 시집 못 간 6년 이상 된 여교사들만 전근 대상이 되었다. 노처녀 교사는 시집

못간 것도 억울한데 발령 대상 속에 낀다는 게 기분이 나빴다. 거기에다 더해서 학기 중 여름방학 때 전국의 국민학교 모두가 한 학교 교사 중 3분의 1 정도의 대 인사이동이 지방과 시골로, 섬으로, 6년 이상 지방 교사들이 집도 친척도 없는 도시로 발령을 받으니, 좋아하기보다 당장 살 집을 구하는 게 대혼란이었다. '혁명'도 좋지만 적절한 시기의 학년말에 해야지, 교육 현장의 아이들을 생각했다면 이럴 수는 없었다. 학년 중간 여름방학인데 담임은 아이들과 이별 인사도 못한 채 다른 학교로 짐을 싸들고 떠나야 했다. 개학해서 학교에 등교해보니 담임선생님이 바뀌어 있으니, 국민학교는 놀란 어린이들과 교사들의 대혼란이 왔다. 1학년의 어린아이들은 갑자기 엄마, 아빠가 바뀐 셈이 된 것이다.

나는 평택군 진위면의, 역사가 60년 된다는 일제 강점기 때는 일본 어린이들만이 다녔다는 진위 국민학교라는 12학급 짜리 아담한 학교로 발령을 받았다. 담임이 도시로 발령받고 떠난, 5학년 여자아이들 반을 2학기부터 맡게 되었다. 도시에 있을 때 규모가 큰 학교는 한 학년이 보통 10학급 정도거나 그 이상인 곳도 있었고 한 반의 재적인원도 80명이 넘는 곳이 많았는데, 부임한 이 학교는 조용하고 조졸했고 재적은 50여 명도 안 됐다.

휴양을 온 기분이었다.

숙소는 다행히 학교 운동장 가에 교직원 기숙사가 두 채가 있었는데, 작년 4·19때 자칭 쫓겨왔다는 나보다 여섯 살 연상인 서른둘의 노처녀 여교사가 혼자 쓰는 방에 함께 1개월만 지내보라는 교장선생님의 말씀에 따랐다. 주말이면 십리 이상을 걸어서 오산역까지 와서 부산 출발 서울행 열차를 타고 영등포역에서 인천행으로 갈아타고 동인천으로 왔다. 집엘 오는데 한 방 쓰는 그 대선배 여교사는 황해도에서 피난 나와 부모님과 형제들이 대부도에서 살고 있었다. 그 당시는 배를 타고 가야 해서 방학이 아니면 가족에게 갈 수가 없었기에, 우리 집에 와서 함께 주말을 보내고 같이 월요일 새벽에 돌아가니 외롭지 않아 좋았다.

5·16 당시 발령받은 교사들의 불만은 교육계의 행정적인 일 처리의 공정성이 떨어져 날이 갈수록 억울하거나 부당하다는 말이 나돌았다.

나도 참을 수 없었다.
수군수군할 일이 아니기에 나는 펜을 들었다. 도지사님에게 편지를 쓰기로 했다.
아무리 굳센 신념을 가지고 있어도 마음속에 담고만 있으면 무슨 소용이 있겠는가?
당시 도지사님께 보낸 편지 원본이 아니고 이런 내용을 담아서 보냈다는 기억을 더듬어 써본다.


## 존경하는 경기도 도지사님께


혁명과업을 찬성하는 일개 교사로서 누구를 험담하고 시기하는 게 아니라 혁명답게 일처리를 잘해주지 못한 오점에 대한 결과에 교사들의 쌓여가는 불만을 아시는지요?

결혼 못 한 노처녀 선생들은 그 자체만으로도 속이 상하는데, 결혼했다고 임신했다고 증명을 내면 면제해 주는 일은 좋으나, 그러면 결혼 못 한 노처녀는 시골에 가서 더 결혼이 늦어지지 않겠는지요. 그런데 누굴 지적하는 게 아니고 발령을 낸 지 열 달이 지나도 임신했다는 교사의 아기는 나오지 않는 사실도 많다는 것을 주변에서 모두 안다면 교사 생활에 사기가 떨어지지 않겠습니까? 나이 먹은 남자 선생님(결혼했거나 독신), 결혼 못 한 노처녀 선생님들의 억울함은 이런 일이 두고두고 오점이 되고 있는 현실입니다. 저는 친정에 연만하신 조부모님이 계시고 아버지는 6·25 때 납치되어 가시고 오빠는 군인의 몸이라, 홀로 계시는 친정어머니를 모시고 살던 가장입니다.

내가 결혼을 했어도 친정을 돌봐드려야 하는데 조부모님이 이 손녀를 몹시 기다리는 것이 안타깝습니다.

도지사님, 제가 발령받아 시골로 내려온 지 1년 4개월이 됩니다. 몇 달 후 다음 새 학년엔 저를 인천 시내로 발령을 내려주시기를 간절히 바랍니다.

○년 ○월 ○일
평택군 진위면 진위 국민학교 교사 양원숙 올림


나는 시골 발령을 받고 근무 중 다음 해 5월에 결혼을 하여 주말 부부로 지내고 있고 아기를 가졌다고 밑면에 추신을 덧붙여서 썼다.

내가 편지를 보낸 것은 스스로 내 속에 쌓였던 하소연을 쓴 것에 불과했다. 이 편지를 정말 경기도 도지사님이 볼 것이라는 생각도 안 했지만, 편지를 부치고 나니 일단 내 속은 후련했다.

뱃속의 아기에게

"엄마가 다시 인천에 발령받고 집에 가서 너를 낳아야 할 텐데 걱정이다"라고 말했다.


얼마가 흘렀다.

교장선생님이 경기도 교육청 관내 교장 회의를 다녀오셨다고 교사들을 교무실로 모이게 했다.

모여 봐야 도시에서 같은 학년 회의하는 인원수에 불과했지만 난 내가 편지 낸 것은 비밀로 했기에 아무 생각 없이 교장선생님 말씀에 귀를 기울였다.

교장선생님은 오늘 경기도 교장들이 다 모인 자리에서 경기도 교육청에서 장학관인지, 높으신 분이 나와 교장들에게 신랄하게 호통과 야단을 쳐서 모두 웅성웅성하며 야단맞고 왔다고 서두를 꺼냈다. 요약하면, 일개 여교사가 '혁명과업' 운운하면서 '발령을 내리면 공평하게 해야 하지 않느냐' 했다며 "학교에서 교장들이 교사 교육을 어떻게 했기에 학교 내에서 처리할 일을 최상급자에게 직접 편지를 써 보내게 하냐?"고 호통을 쳤다고 한다. 교장선생님들이

"무슨 내용을 썼길래?",

"어느 학교 여교사야?" 하며 웅성웅성 댔다는 얘기를 하시더니… "그런데 나는 기분이 좋았습니다. 내가 데리고 있는 교사가 그렇게 똑똑한 교사였나? 하고."

교장선생님은 오히려 날 보고 아무 걱정하지 말라고 하셨다.

그런데 왜 도지사님도 아닌 그 밑의 도 장학관 아니면 장학사가 교장선생님들을 모아놓고 화를 내며 야단을 쳤을까? 도지사님은 가서 혼내주란 말씀은 안 하셨을 텐데… 오히려 발령을 내리면 공정하고 정확해야 하지 않느냐고 야단을 치지 않았을까.

장학사가 큰 상대한테 욕먹고 개 옆구리를 찬다는 식이 아니었을까?

내가 모시고 있는 진위초 교장선생님은 이어서 말씀하셨다.

219

"회의가 끝나자 도내 교장선생님들이 우리 학교라는 걸 알고 나에게로 와서 그 여교사를 혼내주라고들 하며 자기 학교 교사가 아닌 것이 다행이라며 헤어졌는데 나는 그 반대입니다. 난 기분이 좋았어요." 라고 하신다. 김익해 교장선생님이 너무 멋져 보였다.

'난 역시 인복이 있어.' 하며 속으로 크게 안도했다.

찾아뵙고 싶어도 지금은 고인이 되셨겠지…

그런 일이 있은 지 2개월 후 학년말에 인천시 교육청에서 인천 시내로 발령이 났다며 내게 전화로 물었다.

어느 학교로 가고 싶냐고 묻기에 인천 ㅇㅇ국민학교로 가고 싶다고 했더니 고맙게도 그 학교로 곧 발령을 내주었다.

나는 임신한 몸으로 12명의 발령자와 함께 교장실에 들어가 인사를 했다.

4학년 담임을 맡은 지 두 달 후에 첫 딸을 낳았다. 큰 동서가 결혼한 지 7년이 넘어가도 손자, 손녀를 못 보신 상태였으므로 시댁 시부모님은 너무나 좋아하셨다.

2대 | 양원숙

# 내가 쓴
# 단편소설


'혁명'이라는 이름으로 잘 근무하던 도시를 타의로 떠나 시골 한적한 곳에 전체 학생의 수가 서울의 한 학년 숫자인 곳에 와 보니, 조용히 휴양 온 듯한 환경에서 남는 시간이 많았다.

나는 평소 하고 싶었던 것을 해보자고 마음먹고 초저녁부터 숙소에 들어가 (숙소도 학교 운동장 가에 있었음) 그동안 엄두도 못 내던 어릴 때 꿈, 6학년 때 만화 그리던 꿈, 중고등학교 때 글 쓰고 싶었던 꿈을 이루어보기로 하고, 우선 단편소설 한 편의 제목을 정하고 쓰기 시작했다.

장애물이 없고 잡념이 없으니 글은 생각보다 더 잘 써졌다. 드디어 한편의 단편소설을 완성하고 한 방 쓰는 선배 언니에게 읽어보라 주고는 다시 다른 제목의 단편소설을 쓰기 시작했다. 옆에서 읽던 선배 언니는 배를 잡고 깔깔 웃으며 배꼽을 잡다가 눈물을 닦기도 했다. 참 재미있게 썼다고 칭찬했다.

그 언니는 나이 33세까지 결혼을 못 하고 요즘은 우울증에

멀거니 앉아 하늘만 바라보며 긴 한숨을 짓고 있었다고 다른 선생님들이 말해줬다.

그 당시 33세의 노처녀는 주변 사람들이 모두 놀랐던 시절에 26살인 나와 한 방을 쓰게 한 것은 교장선생님의 아이디어였다. 처음에는 그 언니가 "싫다!"고 거절했으나 교장선생님은 당장 방 얻기 어려우니 한 달만 살아 보라고 했다. 나중에는 제발 가지 말라고 나를 붙잡게 되었다.

단편소설 쓰는 재미도 꽤 있었다. 나는 낯선 곳에 가서 지루함을 잊고 잘 적응하면서 신나게 글을 썼다. 그때 너무 재미있었다고 들었던 내가 쓴 소설들.

다시 인천 시내로 전근 올 때 챙기지 못하고 소실되어 너무 아쉽다. 다시 쓰라면 그렇게 못 쓸 것 같다.

가장 큰 재산을 잃은 기분이다.

# 주말부부

토요일 오후 차분히 동인천역에서 기다리면 될 것을 신혼의 남편은 그걸 못 기다렸다. 아내가 임신 초기에 입덧도 심하니 새신랑은 아내가 걱정이 되었고, 한시라도 빨리 아내를 만나고 싶었다.

진위에서 인천까지 가려면, 평택군 진위면에서 오산역까지 십 리 길을 걸어와서, 부산에서 올라오는 완행열차를 타고 영등포역에서 내려 경인선으로 갈아타고 동인천역까지 가야 했다. 그때는 전철이 없어 정거장과 정거장 사이가 간격이 길었고 영등포역에서 동인천역까지 5 정거장이었다.

영등포 → 오류동 → 소사 → 부평 → 주안 → 동인천

그나마 갈아타는 데서 바로 옆에서 타는 것도 아니고 계단을 내려가 플랫폼을 바꿔 다시 계단을 올라가 탔다.

새신랑이 철도국에서 실시한 연구원 10명을 뽑을 때 나와 혼담이 오고 갔는데, 공채로 합격을 하니 시댁에서 색시가 복이

있나보다고 적극 추진을 했단다. 그 당시 새마을호(재건호)를 만든 사람들이다. 남편이 철도국 직원이라 우리 부부는 기차 이용 시 전국 어느 곳이든 프리 패스를 결혼기념으로 받아왔다. 그 덕분에 우리들의 신혼여행은 1주일간 새로 만든 당시 재건호(새마을호)를 타고 7일간 전국을 기차로 여행을 했다.

동인천에서 영등포까지 올라가다가 플랫폼을 오르내리지 않고 바로 내려서 건너 탈 수 있는 역이 오류동과 부평이다. 내가 어느 칸에 탔는지 모르는 남편은 서울행을 타고 가다 오류동에서 인천 가는 차로 바꿔 타고 길게 두 정거장을 부평까지 가면서 기차를 샅샅이 뒤지듯 뛰어가다시피 훑고 내가 없으면 부평역에서 서울행으로 갈아타고 다시 오류동역에서 내려 칸마다 샅샅이 훑어보고는 또 내리고 또 타고를 여덟 번을 한 적도 있었다고 한다. 드디어 나를 만나서 내 짐을 받아 들고 집으로 오곤 했다. 남편의 순수한 열정에 나는 피곤을 모르고 행복했다.

월요일 아침에 학교로 출근하려면 서둘러야 첫 시간 수업에 맞춰 간다.

그렇게 꿈결같은 주말이 지났다.

결혼한 지 10개월 만에 인천으로 발령을 받아 새 학교 부임하고, 두 달여 만에 튼튼한 큰딸을 낳았다.

이제 둘은 자수성가하여 내 집 마련의 꿈을 꾸고 구두쇠 작전에 들어갔다. 남편의 직장 걸어 다니기, 아내 직장 근처로 이사

하기, 살림살이 안 사기 등, 절약 절약하여 꿈을 키웠다.

**2대 부부, 여행을 하며**

# 자수성가
# 전셋집 얻기

분가하기 위해 있는 대로 살림을 실어도 손수레 석 대분이었다. 그중 유산으로 받은 물건은 손재봉틀과 중간 크기의 항아리 하나다. 손재봉틀은 시어머님이 가장 아끼시던 것이고 오래된 항아리 하나가 내 살림이 되고 보니 항아리도 유별나게 크고 예뻐 보였다. 시어머님은 시아버지를 혼자 집에 두시고 큰아들 부부와 살라 하고 우리와 사신다고 손재봉틀을 짐에 실으셨다.

요즘은 자녀들을 결혼시켜 전세라도 얻어 분가시키는 것이 보통의 일이지만, 내가 결혼할 당시에는 대단한 집 아니고는 거의 대가족으로 한 집에 사는 것이 흔한 일이었다. 삼 형제 중 우리는 가운데인데 큰동서는 시아주버님 부대 근처 영등포로 벌써 분가해서 살았고, 시동생이 결혼해서 우리가 분가할 수 있었다.

시어른들께서 때가 되면 살 집을 마련해서 분가시켜주겠다고 약속을 하신 터인데, 시아버님은 이삿날 손수레 석 대분의 품삯도 날더러 치르라고 하실 만큼 형편이 안 좋으셨던 모양이다. 부모님 형편이 어려우심을 알았기에 그 모든 것은 우리 힘으로 해야 했다.

얼마간의 준비금은 있었으나 부족한 전세금은 융자 처리하기로 했다. 그러나 은행 문턱은 나 같은 사람에게 하늘처럼 높았다. 특히 여자가 은행 돈을 꾸기 위해 담보물도 없이 왔다 갔다 하는 것은 통 큰 여자나 할 짓이라고 여기던 시대인데, 근무하던 학교 옆 은행으로 무조건 찾아갔다. 지금 내가 생각해도 내 용기가 가상하다.

무조건 지점장 면담을 요청했으나 까다로운 여직원이 용무가 무엇이냐고 따지듯 물었다. 나도 물렁물렁하게 뒤로 물러서면 융자는커녕 면담조차 어려울 것 같아, 직접 말씀드려야 할 중대한 일이라고 버텼다. 결국 머리가 허옇게 센 지점장을 만났으나, 그는 나를 경계하는 눈빛으로 앉은 자리에서 맞았다. 그의 머리가 하얀 것이 다행스럽다고 여기며 나는 교사 신분증을 탁자 위에 공손히 올려놓고는 조용히 다가앉았다.

신분증을 확인한 지점장은 여유로운 모습으로 자세하게 융자의 선과 후를 명료하게 설명했다. 그 얘기를 듣던 나는 담보가 될 수 있는 것은 교사 신분증뿐이라고 말했다. 그는 딱하다는 듯 나를 한참 동안 바라보더니 소리 없이 웃었다. 그리고 벨을 눌렀다. 건장한 남자 직원이 다소곳이 들어오자 무조건

"이 선생님께 오만환(화폐개혁 전 단위)을 해드리세요." 했다.

직원이 "담보는요?" 하고 묻자, 지점장은 기다렸다는 듯
"내가 보증합니다." 하는 것이 아닌가.

나는 이렇게 어렵사리 방 두 칸의 전세를 얻어 분가를 했다.
남편과 나는 덜 먹고 덜 입고 자린고비처럼 저축을 했으나 목표
가 뚜렷했던 탓인지 힘들다는 사실을 느끼지 못했다.

젊은 우리 부부는 지나치다 싶을 만큼 허리끈을 졸랐다. 그
당시 국가도 경제개발 5개년 계획을 하여 새마을운동이 일어나
던 때라 근검절약은 흉이 아니었다. 굳은 땅에 물이 고여 돈이
모이기 시작했다. 셋방살이 2년 못돼서 빌딩과 빌딩 사이 자투
리땅에 지은 대지 11평에 건평 7평의 내 집을 사게 되었다. 그
집은 어느 곳의 높고 큰 빌딩보다 우리에게는 흥분되리만큼 크
고 좋은 주택이었다. 시어른들과 가족들의 칭찬으로 그동안에
겪었던 어려움은 봄눈 녹듯 다 사라져버렸다.

세상에 어떤 일이 그토록 좋을 수 있겠는가.

열심히 살면서 보람을 느끼는 그 순간은 참으로 짜릿했다.
살림이 늘어나고 집을 조금씩 큰 곳으로 옮기는 기쁨, 그런 즐
거움 때문에 사람이 사는 것일 게다. 그 후 우리 부부는 계속 더
큰 목표를 위해 살았고 끝내는 우리 집을 이층 양옥으로 직접
지었다.

내 저택을 갖게 된 것이다.

지금도 처음 분가를 했던 그 마음으로 살고 있다.

다른 사람들에게 '개구리가 올챙이 적 생각 못 한다' 는 말은 듣지 말자고 다짐하면서 말이다.

# 두 어머니

나는 '복이 많은 여자' 라는 말을 친구에게서 듣는다.

그도 그럴 것이 환갑을 얼마 전에 보낸 나에게 친정어머님, 시어머님이 생존해 계시니 얼마나 다행이며 축복인가! 시어머니는 올해 팔십육 세이시고 친정어머니는 팔십삼 세로 두 분 모두 건강하시다. 시아버지는 오십오 세를 넘기지 못하고 교통사고로 돌아가셨고 친정아버지는 6·25 때 납북되어 두 어머님 다 홀로 되셨다.

친정어머니는 지금도 누구의 도움 없이 인천에서 전철을 갈아타시면서 딸네 집에 오시는 정정한 노인이다.

두 분 어머님을 '두 어머니'로 호칭한 것은 선배 언니의 편지에서부터 비롯된다. 처녀 때 같은 학교에서 교직 생활을 했던 그 언니가 70년대 초반에 미국으로 이민을 갔다. 이십 년이 넘게 보내준 편지 속에는 어느 편지 하나에도 빠짐없이 서두에 '두 어머니 안녕하시고…' 로 시작된다. 1백여 통이나 되는데 그

렇게 시작되지 않은 것은 한 통도 없다. 내가 답장을 보낼 때도 한결같이

'두 어머니 안녕하시며…' 로 시작하며 편지를 띄운다.

친구들이 우리 집에 와 보고 부러워하는 것은 두 분이 자매같이 친구같이 지내시는 모습이다. 자기들은 시어머니가 계실 때에 친정어머니가 오시면 시어머니는 가시고 친정어머니가 오셨을 때 시어머니가 오시면 두 분 중에 한 분이 곧바로 짐을 챙겨 가신다고 한다. 사돈끼리 오래 상면하기를 싫어한단다. 그런데 우리 집에 오면 그렇지 않은 모습을 보니 친구들은 내가 복이 많다고 말한다. 시어머니와 친정어머니는 전혀 모르는 사이였음에도 처음부터 아는 사이같이 서로 아끼고 존중하며 친하게 지내셨다.

남매를 두신 친정어머니는 올케가 살림을 하기에 직장에 다니는 외딸인 내 집에 거의 계셨고 시어머니는 둘째 아들인 우리가 맞벌이로 집을 비우니 손녀들을 기르기 위해 살림 날 때부터 와 계셨다. 그러다 보니 두 분은 연년생인 아이를 한 명씩 맡아서 키우면서 하루 종일 이런저런 얘기를 하며 지내셨고 밤이면 한 이불 속에서 늘 얘기꽃을 피우셨다.

내가 방학일 때에는 두 어머님이 곳곳으로 관광여행을 하셨다. 두 분은 버스 좌석에서나 호텔방, 식당에서도 짝과 같은 존재가 되시기도 했다. 가정부는 빨래하고 밥하고 두 분은 네 딸들이 고등학교에 갈 때까지 돌봐주셨다. 네 명의 딸에게 옛날이

야기도 잘해 주셨고 예의범절도 가르쳐주셨다. 덕분에 아이들은 정서적으로 안정되게 자랐고 나는 교사 생활에 충실할 수 있었다. 아이들 기르는 것이 얼마나 힘든지조차 모르고 네 아이를 거저 기른 셈이다.

친한 친구 R은 어버이날에 친정어머니와 시어머니께 한복을 한 벌씩 해드렸는데 친정어머니 것은 조금 비싼 것으로 했단다. 시어머니가 눈치채고 화나셨는데 여간해서 풀리지 않았단다. 나의 경우를 생각해 보았다. 결혼 초부터 나는 한복을 즐겨 입으시는 두 어머니께 한복을 해 드렸다. 쌍둥이 같더라도 개의치 않고 똑같은 무늬, 똑같은 색상으로 선택했다. 양장을 해드릴 때에도 같은 모양으로 하였다. 장신구일 경우에도 같은 브로치, 머플러, 양산 등이었고 영양제를 살 때에도 로얄젤리나 비타민을 같이 구입하였다.

용돈의 경우에도 마찬가지이다. 같은 액수를 봉투에 각각 담아서 함께 계실 때 드리면 돈을 꺼내어 세어보시기도 하였다. 그 후로는 두 분이 안도하시는 표정이시고 더 친해지셨다. 두 어머님은 거의 이십여 년을 이렇게 우리 집에 함께 계셨다. 아이들이 크면서 시어머니는 우리 집에서 큰아들네로 가셨고 친정어머니는 오빠네 집에 계시면서 자주 들르신다. 두 분이 만날 때도 있고 한 분씩 오셨다 가시기도 했다.

이젠 나도 손자를 보았다. 시어머니, 친정어머니는 증손자의 재롱을 보시며 4대가 함께 지낼 때도 많다. 재작년에는 친정어머니 생신날 시어머니도 모시고 제주도 여행을 하였다. 셋이서 한 방을 쓰며 날이 밝을 때까지 한 많은 두 분의 얘기를 들으며 살아있는 소설이란 느낌을 받았다. 열시가 넘어서야 아침을 잡수시며 당신들의 얘기를 들어주는 딸이 있고 며느리가 있어 속이 다 후련하다 하시며 기뻐하셨다.

어머니들의 얘기는 긴긴 영화를 보듯이 장면을 상상하면 눈물이 흐른다. 이야기로는 속이 풀리지 않으신지 친정어머니는 얼마 후 누런 갱지 다섯 장에 앞뒤 빽빽하게 쓴 자서전의 초고를 내게 주시며 잃어버리지 말고 잘 보관했다가 시간 나면 책을 내주면 좋겠다고 부탁하셨다.

"속편은 다음 해 내 생일날 또 줄게" 하시더니 작년 생신 때 어김없이 몇 장을 더 넘겨주셨다.

지금 칠팔십 대 노인들의 한 많은 과거를 우리 젊은 세대들이 보답할 수 있을는지. 나 자신도 노력은 하지만 어려울 때가 많다.

며칠 있으면 선배 언니로부터 월례 행사처럼 편지가 올 것이다. 틀림없이 '두 어머니 안녕하시고…'를 서두로. 나는 오늘도 감사 기도를 드린다.

−1997년 〈문예사조〉 1월호 수필부문 등단 작품

233

2대가 두 어머니 모시고 제주도에서

# 약봉지와
# 나무칼

    누가 길렀느냐? 어떤 환경에서 자랐느냐? 아이는 어른에 의해 만들어진다고 생각한다. 옛말에 사위를 얻으려면 사돈어른을 보고 얻고, 며느리를 얻으려면 친정어머니를 보고 얻으란 말이 얼마나 맞는 말인가를 살면서 느낀다. 어쩌면 아이들은 그렇게 자기 부모를 닮는지… 신기하다.

    어떤 집은 엄마 아빠가 박사에 대학 강의를 나가고 그 외 다른 직종에서 리더급으로 일할지라도 집에서 양육을 봐주는 분이 아기 때부터 함께 지내는 시간이 길므로 말투, 행동 하나하나 등등, 나중에 고칠 수 없는 경우에 도달할 때도 있어 의아해할 때도 있다.

    그래서 아이는 아기 때 기른 사람을 닮는다고 한다. 쌍둥이 둘을 각기 다른 환경에서 자라게 하면 나중에 전혀 다른 두 아이를 보게 된다. 이런 면에서 나는 학교에 나가 남의 자식을 내 자식처럼 열의와 성의를 다 바쳐 인간의 기초교육을 했을지라도 막상 퇴근 후 내 아이에게는 이미 체력이 소진되어 스스로 할 수 있도록 바랄 수밖에 없었을지도 모른다.

연년생의 두 아이 중 큰애는 시어머님이, 둘째는 친정어머님이 맡아 키우시면서 큰 애 둘은 같은 자매인데 어찌 그리 두 아이가 성향이 다를 수 있을까? 생각했다. 네 살, 다섯 살 때 큰애는 말이 별로 없으신 시어머니 옆에 앉아 많은 놀잇감 중 인형과 병원놀이 세트 놀잇감으로 늘 시간을 보냈단다. 그때는 병원약을 얇은 습자지 같은 종이에 약 가루를 빻아 넣고 접고 접어서 봉투에 넣어 주었었다. 그 약봉지를 솜씨 있게 다섯 살 아이가 잘도 쌌다. 인형 엉덩이에 주사를 놓고 다리에 반창고나 붕대도 감아주면서 온종일 지루하지 않게 친할머니와 병원놀이를 했다.

둘째는 외할머니의 동화 이야기를 눈을 동그랗게 뜨고 들으며 이야기 속에 빠졌다가도 나가서 놀고 온다며 밖으로 혼자 나가 나무칼을 만들어 동네 또래 남자아이들과 어울려 칼싸움도 하고 전쟁놀이의 대장 노릇을 하며 차 없는 골목을 누비며 온종일 뛰어놀고 들어왔다.

큰애가 큰길 건너 엄마가 근무하는 학교에 1학년 입학을 하게 됐을 때, 밑의 셋째 넷째 동생 둘을 각각 봐주시는 할머님들이 데려다줄 수 없는 것을 알고는, 둘째가 내가 언니를 데려다

준다고 나서서, 등교할 때 늘 언니의 손을 잡고 보무도 당당하게 넓고 긴 횡단보도를 건너서 1학년 교실에 함께 들어가, 책상 하나 따로 앉고 끝날 때까지 청강생으로 다녔다. 언니가 이제 혼자 갈 수 있다고 할 때까지 1학기 동안 같은 교실에 앉아 학부모 노릇을 하며 언니를 돌본 아이다.

이런 에피소드도 있다.

어느 날 선생님이 긴 줄에 매달린 벙어리장갑을 들고 "이거 누구 것이니?" 했단다. 큰애는 자기 것인데 손들기 수줍어서 가만히 있었다고 집에 와서 할머니한테 말했다. 그 말을 듣던 동생은 밖으로 막 뛰어나갔다. 8차선의 큰길을 건너가 학교 교무실로 가서 "선생님! 아까 그 장갑 우리 언니 거래요!" 하고 받아왔다. 확실히 보호자 노릇을 했다.

얼마 전 일본의 '뇌신경외과' 전문의 구도 치아키의 《신경 청소 혁명》이란 책에 이런 연구결과가 있다.

① 유년기를 재밌있게 잘 놀고
② 넘치는 사랑을 받은 아이는
③ 운동신경과 감각신경이 더 발달되며
④ 나아가 뇌까지 발달된다고

나는 이 책을 읽으며 나의 어릴 적 생활, 내 딸들의 어릴 적

생활들을 생각했다.

결국 약봉지를 싸며 병원놀이를 하던 큰애는 의대를 나와 의사가 되어 병원을 하고 있다.

용감하게 골목을 누비며 남자아이들과 전쟁놀이를 하던 둘째는 남녀공학 S대에 들어가 앞장서서 데모를 하더니, 그것도 모자라 유학을 가서 메가폰을 들고 많은 사람들을 지휘하는 영화감독이 되어 왔다.

둘을 보면서 생각한다.

아이는 자신의 그릇과 길을 타고난다고…

4부

두 번째
도전

# 직업전환
## 두 번째 도전


　국민학교 교사로 17년간 지내면서 일 학년 담임을 열 번이나 했다. 일 학년과 생활하면서 늘 느끼곤 했던 것이 학교에 들어오기 전 가정에서나 어린이집 또는 유치원에서 기초 생활 습관이나 인성의 기본을 좀 더 배워 왔으면 좋을 텐데⋯ 라고 생각할 때가 많았다.

　귀엽게만 자라서 모두가 왕자요 공주이니, 배려나 협동, 양보하는 마음이 모자라고 아쉽다는 것을 일 학년 아이들을 맡을 때마다 늘 느껴 왔었다.

　85명이 넘는 일 학년 아이들을 데리고 부담임도 없이 국어, 산수, 과학, 도덕, 체육 등 기본 과정을 다루기도 시간이 모자랐고 오전·오후반으로 운영이 됐었으니 말해 무엇 하겠는가.

　각 가정에서 유아기 때에 갖출 기본 습관과 가정교육은 경제가 어려울 때라 신경을 못 쓴 가정도 많았을 거라 생각되지만, 내 자녀의 미래를 위해 부모가 먼저 교육에 깨어 있어야 된다고 생각했다.

　일단 내 집을 문화주택 이층으로 짓고 살만하니, 사표를 적
극 권유하는 남편의 의견 때문에 사표를 냈다.

　일 년을 집에서 그냥 놀 수 없어서 큰딸 육 학년 부모님들의
권유로 가정에서 육 학년 그룹, 오 학년 그룹 과외를 일 년 여
간 집에서 했다. 출근하는 쪽이 훨씬 나았다는 생각을 하고 있
을 때 인천 교대부국에 큰딸이 6학년, 둘째 딸이 5학년에 다니
고 셋째 딸이 1학년에 추첨되어 세 아이가 다니고 있었는데, 우
연히 학교를 방문할 일이 생겼다.

　오전 수업 중에 학교 복도를 기웃대고 있는데 저쪽에서 교장
선생님으로 생각되는 분이 내가 서있는 복도 쪽으로 걸어오셨
다. 가까이 오셔도 얼굴은 뵙지 않고 고개 숙여 인사만 했다.

　"아, 양 선생 아냐? 여긴 웬일이야?" 하신다

　"저, 아이한테 볼일이 있어서요." 하고 꾸벅 인사하고 쳐다보
니, 나에게 우수교사상을 주신 그 장학관님이셨던 기억이 났다.
정년퇴임을 앞두고 교대부속국민학교 교장선생님으로 부임해
오신 것을 내가 모르고 있었다.

　"왜 대낮에 여기 있나?"

　"저, 학교 사표 내고 쉬어요."

　"따라오게."

　나는 교장실로 따라가서 소파에 앉았다. 딸아이 셋이 다니는

학부모라고 말하니 왜 사표를 냈냐고 하신다.

"양 선생 같은 사람이 집에서 놀면 대한민국의 국가적인 손해고 아이들의 손해인데." 교장선생님께서 초인종을 누르시더니 며칠 전 받은 공문을 가지고 오라신다. 나는 소파에 앉아 여선생님이 가져온 차를 마시고 있었다.

교장선생님은 활기찬 모습으로 양 선생 참 잘 왔다며, 이 공문이 며칠 전에 왔는데 전국의 교대부속국민학교 내에 있는 부속유치원을 전부 학교 밖으로 내보내던지 폐원을 하라는 조치가 내렸다며

"양 선생에게 여기 있는 2학급 유치원 시설을 몽땅 그냥 줄 테니 빨리 이 주변에 유치원 부지를 사서 짓던지 건물을 준비해" 라며 아주 마침 잘 왔다고 좋아하셨다. 나는

"제가요? 유치원은 생소해서요." 하니, 일 학년 담임 십 년 이상 했다면 얼마든지 할 수 있다고 하셨다.

나는 집에 오는 길에 생각했다.

'맞다. 내가 일 학년 맡을 때 아쉬운 것이 많지 않았던가? 좀 더 유아기 때 기본생활의 모든 것을 배워오길 바랐었고…'

며칠 뒤 큰딸과 같이 과외공부를 하는 반 친구 아이의 엄마가 나를 보고 얘기할 것이 있다고 했다. 그 엄마는 우리 집에서 거리가 있는 주안에서 십여 년째 어린이집을 운영하고 있는 원장님이었다. 나보고 교직 생활 십 년 이상 경력자면 어린이집

이나 유치원 원장 자격증을 받을 수 있는 교육연수가 있으니 교육청에 신청해서 교육을 받으라 했다. 나는 이상하다고 생각했다. 내가 사표를 내고 일 년도 쉬지 않았는데, 학교에 가서는 교장선생님의 권유를 받았고 며칠 뒤 딸의 친구 엄마가 구체적으로 자격증을 받는 절차까지 알려주는 것은 아무래도 내게 쉬지 말고 일하라는 하느님의 계시라고 생각했다. 열심히 교회에 나가는 친구들이 날 보고 너는 교회도 안 나가면서 하느님의 역사하심이라든지 하느님의 뜻이라든지 우리들보다 더 하느님을 찾는 것이 이상하다고 했다. 그도 그럴 것이 아주 어릴 때부터 밤 9시면 청수 물 떠놓고 할아버지와 늘 기도드리지 않았는가? 그래서인지 내게는 매사 믿음과 자신감이 있었다.

집에서 쉴 팔자가 아니었다.

좀 더 먼 곳을 바라보고 미래의 내 앞에 서 있는 꿈을 향해 힘을 내고 나는 다시 일어났다.

집에서 쉴 게 아니라 37세지만 다시 교육 전선에 뛰어들기로!

하던 일인 과외공부를 낮에는 저학년, 밤에는 고학년을 열심히 가르치며 돈을 모았다.

서울의 복판인 지금의 강남역과 역삼역에는 당시에 전철이 없었다.

길 양옆에 천막이 쭉 쳐있고 임시 복덕방이 거리를 메웠다고 나 할까? 이곳 근처에 유치원 땅을 보러왔다고 했다. 땅값은 평당 2만 원인데 빌딩은 한 채도 없는 허허벌판을 테헤란로 라고 했다.

민간집들이 거의 없어 겁이 덜컥 났다. 다음날 다른 곳으로 땅을 보러 다니다가 봉천 11동(현재 인헌동)에 YWCA가 근로여성 복지회관을 짓기 위해 샀다는 백오십 평 부지가 매물로 나왔다 하여 가봤다. 강남역 부근이 2만 원인데 오히려 이곳은 평당 육만칠천 원이었다. 봉천동은 이미 택지가 조성되어 있어 집도 많고 인구도 많았다.

그때 그 돈으로 강남역 부근에 502평 살 돈을 가지고 봉천 11동에 150평을 샀다. 그때 강남역에 샀다면 지금쯤 빌딩 3채의 부자가 되었겠지만…

강남 빌딩 부자보다 나는 일만 이천여 명의 어린이들을 가르치고 키운 것이 더 큰 부자라고 생각한다.

# 검둥이 해피와
# 기적

유치원 설립 부지는 150평 해결됐는데, 유치원 건물 지을 자금이 문제였다. 할 수 없이 집을 팔아서 짓기로 하고, 모자라는 것은 빚을 얻기로 했다. 모자라지만 남편은 시작도 안 했는데 "우리는 망했다" 면서 지금이라도 부지를 되팔고 접으라고 보챘다.

집은 의외로 빨리 팔렸는데, 이사 기간을 늦춰놓고 건물 착공을 시작한 어느 날, 사는 집에서 이상한 일이 일어났다.

아침에 대문을 열어보니 대문 앞에 잘 생기고 큰 검은색의 개가 한 마리 앉아있었다. 우리 개가 아니므로 나는 당연히 그 개를 가라고 말과 몸짓으로 쫓았다.

다음날 아침 대문을 열어보고 식구들은 놀랐다. 어제의 그 개가 대문 앞에 또 앉아있는 게 아닌가. 무섭기도 해서 막대를 들고 나와 너의 집에 가라고 또 쫓았다. 그다음 날도 개는 문 앞에 와서 앉아 있었다. 너무도 이상한 일이었다. 친정 할머니께 이 사실을 전화로 말씀드렸더니 예부터 집에 스스로 들어온 짐

승은 쫓는 게 아니라며, 앞으로 그 개가 할 일이 있어서 하느님께서 보내신 것 같으니 그대로 너의 집에서 키우라고 하셨다. 그 말씀을 듣고 다시 대문 밖을 보니 어제 엉덩이를 받히며 내쫓긴 개가 얌전히 이쪽저쪽 오가는 사람을 보면서 태연히 앉아 있었다. 문을 열고 들어오라 했더니 꼬리를 흔들며 앞마당으로 들어왔다. 함께 살지도 않았건만 우리 가족에게는 순하고 남에게는 날카로운 이를 보이며 으르렁댔다. 그러니, 남들은 이 개를 사납게 보고 대문에 들어올 때면 쩔쩔맸다.

그로부터 며칠 뒤 서울의 유치원 건물 짓기를 시작했다. 1층 건물의 슬라브가 굳어 받침목을 치고 2층 건물이 시작될 때, 평생 살 것처럼 튼튼하게 직접 지은 정든 양옥집을 떠나 이사를 했다. 이삿짐 트럭에 그 개도 함께 실어 보내고 시어머니와 아이들과 나는 제물포역에서 서울행 기차를 탔다. 서울에 집을 사서 이사 가는 것이 아니므로 이십 평이 되는 1층 넓은 교실에 장롱으로 칸막이를 대신하고 간이부엌과 넓은 방을 꾸몄다. 바닥엔 두꺼운 스티로폼을 쭉 깔고 그 위에 양탄자나 돗자리로 바닥을 처리해 나름대로 훌륭한 방을 꾸몄다.

유치원 건물은 마당에 아직 담도 쌓지 않은 채였고 현관문도 없이 이층 건물이 올라가고 있었다. 1, 2층에 20평의 교실 각 한 개씩과 교무실 그리고 3층에는 살림집을 짓기로 했다. 살림집을 완공하려면 두세 달은 있어야 되는데, 가을 햇살이 뜨거울 때 빨리 완공될 수 있도록 서둘렀다.

울타리도 없이 사방이 뚫린 허허벌판에 건축자재가 앞마당에 무방비로 쌓여 있었다. 도둑이 밤이나 낮이나 건축자재를 훔쳐가는 때였다. 마침 사람 몇 몫을 하는 파수꾼으로 그 잘생긴 검은 개, 해피는 밤낮 꼬박 건축자재 앞에서 누구도 근처에 얼씬 못하게 하며 우리 가족의 평안한 잠자리를 지켜주었다. 보초 아저씨 두 명이 밤낮 교대로 지켜야 할 일을 어디서 온 지도 모르는 개 한 마리가 거뜬히 해주고 있었다.

경비 절감을 위해 건물을 직접 짓는 것이므로 남편은 인건비를 줄이기 위해 낮에는 회사에서 근무하고 퇴근 즉시부터 새벽 두세 시까지 건물의 수도시설과 전기 설비를 직접 책임졌고, 나는 페인트 일부와 3층의 살림집 도배를 맡았다. 최소의 경비를 들이되 건축자재는 넉넉히 써서 건물만은 튼튼하게 잘 짓자는 목표 속에 공사가 진행되었다. 겨울이 닥쳐오기 직전 11월 말일 완공을 보았고 1층 교실에서 3층 살림집으로 이사를 했다. 아이들은 둘씩 한 방을 쓰게 했고 방 둘과 안방, 마루, 부엌, 욕실의 구조였다. 전에 살던 2층 양옥집의 대저택보다는 규모도 작고 아늑함도 부족했지만, 나의 일터에서 내 아이들도 함께 사니까 자식들은 항상 엄마를 볼 수 있다는 큰 장점이 있었다.

당시 집 주위에는 도시개발로 띄엄띄엄 주택이 있었고 한쪽에는 택지가 정교하게 조성이 되어있었다. 이웃의 모든 어린이가 걸어 다녀야 할 때였으므로 반경 1km 이내를 아이들이 올 수 있는 범위로 정하고, 국민학교 교사 시절에 쓰던 철판(가리방)에 원지를 놓고 나는 밤마다 유아교육의 중요성, 조기교육의 중요성을 써서 등사잉크에 밀어, 당시 중학교 1, 2학년의 큰딸, 둘째 딸 그리고 나 셋이서 몇 차례씩이나 가가호호 뛰어다니며 직접 편지함에 홍보물을 넣었다. 유치원 개원인 다음 해 3월 전에 해야만 할 일이었다. 40년 전, 자가용도 없고 유치원 통학버스도 없던 시절이었다. 물론 전철도 없었고 남부순환도로에 차가 한 대, 두 대 가끔씩 지나다니는 것이 우리 건물 옥상에서 보였다.

1977년 초, 문교부에서 유치원 설립 인가를 받고 3월 10일 첫 입학생을 맞아 입학식을 했다. 지내놓고 보니 노력한 만큼 성과는 있었다. 당시 인가 인원인 두 학급 80명 정원이 첫 입학식에 모두 찼다. 이미 시작한 유치원들이 첫해 열 명으로 출발했거나 20명 미만으로 출발들을 하고 나서 몇 해 지나야 정원이 겨우 차는데, 주변에선 어찌된 일이냐며 나를 보고 기적을 이루었다고들 말했다.

이 기적은 검둥이 해피도 한몫을 했다.

유치원 설립을 기념하며 가족사진
(4명의 딸과 2대 부부)

## 2세 교육에
## 열정을 쏟다


　나는 내가 직접 운영하는 유치원에서 5세, 6세, 7세 아이들에게 최선의 노력과 투자를 했다.

　1970년대 후반. 선진국 유아교육에 비해 우리나라는 걸음마 수준이었다. 유아교육과 초등교육은 전문성이 다름에도 불구하고 교육청에 유아교육과가 없어서 초등교육과에서 관장했다. 초등교육 장학사가 현장 지도를 해주었으니 현장은 유아교육 전공자가 운영해도 지도 감독관은 초등교육 전공자일 수밖에 없었다.

　아이들의 인성을 위한 교육자료나 일반 교구 등 그야말로 무無에서 유有를 창출해 내는 현실에 대학의 유아교육학과, 현장의 유치원 설립자나 원장들이 애를 썼고, 관에서는 유아교육 자료전을 열어 현장 원장이나 교사들이 창의성을 개발하도록 국가적 차원에서 많은 행사로 기회를 만들어 도움을 주려고 애를 썼다.

그 후 교육청에 유아교육과가 생기고 각 교육청 유아담당 장학사도 배치되고 서울시 교육청 내 유아교육 담당 장학관도 생기니 훨씬 힘이 났었다.

또 국가 차원에서 선진 교육을 받아들이기 위해 유치원, 국민학교, 중학교 등 전국적으로 선발해서 선진국 현장연수의 기회를 주기도 했다. 전국의 유치원 원장들은 자발적으로 유치원 프로그램을 도입해서 원장, 교사들의 현장연수 등을 자체적으로 해나감으로써 우리나라 유아교육의 수준을 높일 수 있었다고 생각한다.

나는 1992년도에 유치원 원장 중 1명으로 선발되어, 분야별로 뽑힌 16명의 대표들과 국빈의 자격으로 일본, 영국, 독일 3개 나라를 16일 동안 방문하여 현장의 좋은 교육과정을 그 나라 문교부(또는 문부성)의 브리핑을 들으며 배워와서 전달 강습도 했고 최대로 활용하는 데 열성을 다했다.

그 때 영국 교육청에서 관계자가 나와서 이런 이야기를 했다.

"영국의 어머니들은 어느 대학을 보낼까? 보다 어느 유치원을 보낼까? 를 더 중요시하고 고민한다…"고.

이런 선진국 답사를 몇 년 동안 매년 국가에서 권장사업으로 실시했고, 그 외 사립유치원 설립자 또는 원장들은 자비로 미국, 영국, 독일, 프랑스, 이태리, 일본 등 현지 연구 모임과 연관 지어 우리나라 각 대학의 유아교육과 교수들과 연구모임을 통해 직접 현지에 가서 강의도 듣고 현장 교육을 참관하거나 실제 수업 방법을 익히기도 하고 교구도 많이 구입해 오기도 했다.

좋은 프로그램들은 나라마다 특색 있게, 사립유치원답게—국가 차원에서 통일적인 교재로 특정 프로그램으로 가는 게 아니라—각각 특색을 살려 학부모가 찾아가는 유아교육을 하고 있는 것이 우리와 달랐다.

우리는 극성스럽도록 찾아다니며 배웠다. 지면상 특색있는 프로그램의 소개는 생략하기로 한다.


이 모든 것들은 다 대한민국 아이들을 위해 사립 원장들과 뜻 있는 교수들에 의해서 이뤄냈다. 그 후 대한민국의 유아교육 위상이 높아지자 이웃 나라 중국, 베트남 등에서 연수를 요청해와서, 베트남에 우리나라 유아교육의 수출을 위해 몇몇 원장들이 분야별로 맡아 통역을 대동하고 현지에 가서 200여 명의 베트남 원장들 앞에서 강사로 연수에 열을 올린 적도 있었다.

통역은 영어로 했는데, 놀란 것은 베트남 유아교육 종사자들은 모두 영어실력이 대단했다는 것이다.

오늘날의 유아교육 발전의 근거를 현장에선 다 안다. 우리 대한민국 유아교육과의 교수들과 유치원 원장들의 숨은 내공이 크다는 것을…

나는 사립만의 특색을 살리고 싶어 가까운 일본 동경 그 어느 유치원에서도 실제 수영지도 프로그램이 없다는 것을 알고는 유치원 내에 실내 수영장을 만들었다. 이후 1983년 교육청 지시에 따라 수영지도에 대한 연구 발표를 한 후 무지개 수영교실 (우리나라 수영의 대가 신승평 소장님이 직접지도)을 운영하고 있다.

한편 가까운 일본 동경에서 해마다 열리는 전국 유, 초, 중, 고의 마칭밴드 대회를 몇 년 참관해보고는 우리나라 아이들에게도 기회를 주고 싶었다.

나는 일본 마칭계 인사들이 원광대학교의 학교 기숙사에서 숙식을 같이 하면서 3박 동안 마칭 지도자 연수를 받으면 자격증을 준다고 하여, 4인조가 1그룹으로 움직여야 되므로 나를 포함하여 교사 2명과 원감과 함께 4명이 등록을 하고 열심히 배워 이론수업과 실기시험, 직접 행진을 하면서 악기를 다루며 퍼레이드를 하는 과정에 합격해서 자격증을 받았다. 그 때 내 나이 59세였다. 최고령자로 자격 취득함이 대단하다며 수료식에 대표로 단상에 나가 자격증을 받았다.

자격증 취득 후, 악기를 사들이고 마칭밴드의 역사가 있는 염광여고 마칭 선생님께 찾아가 자문을 받고 그 쪽에서 하는 연수도 참가해서 마칭밴드의 기초를 배웠다.

마침 우리나라에도 '원주 따뚜', 계룡시에서 열리는 '군 문화 축제'에도 마칭 대회가 있어 마칭 담당 강사를 채용했고, 우리나라에서 유일하게 유치원 대표로 해마다 큰 행사에 출전했는데 전국에 유치원은 우리뿐이 되었다.

원주 따뚜 대회에 일본 마칭계 유명 인사(교포)가 참석하셨는데 우리 유치원 어린이 마칭밴드를 크게 칭찬하셨다. 일본 대회에 참석할 수 없냐고…

이렇게 유아교육의 위상은 국가가 알아주건 말건 현장 원장들의 노력으로 그 외의 여러 분야로 급성장하게 된 것이 사실이다.


또 하나 느낀 것은, 아이들은 지도자만 잘 만나면 무한한 능력을 발휘하는 존재라는 것이다. 아이들은 어른에 의해서 만들어진다는 것을 다시 한번 깨닫고 불가능이 없는 것 같았다. 다만 지도자의 능력이 부족할 뿐이라는 것을 늘 깨달았다.

이제 나이 들어 생각해도 그때가 좋았다. 전 재산을 넣고도 모자라 큰 빚을 지면서까지 유치원을 확장해야 했고 가족의 재산까지 넣고야 말았다.

원내 실내 수영장에서

마칭밴드 대회에서.
수년간 유치원에서는 유일하게 출전

2대 ｜ 양원숙

# 워킹맘
## 자녀 기르기

일하는 엄마는 직장에서 이미 지쳐서 퇴근한다.

아이들은 엄마가 그리웠기에 퇴근하는 엄마한테 반기며 매달린다. 직장인 엄마 입장에서는 하루 종일 오전부터 퇴근 직전까지 자기 몸의 에너지가 다 소진됐다고 봐도 과언이 아니다.

아니, 그보다 더할 때가 많다.

오자마자 자리에 눕고 싶다.

오히려 나를 누가 와서 옷도 벗겨주고 양말도 벗겨주고 자리를 펴주면 좋겠다는 생각? 그런데 모든 직장인 엄마는 상황이 거의 그 반대다. 맞벌이 부부의 경우 남자는 퇴근 후 소파에 눕기도 하고 양말을 벗어 아무 데나 던지기도 한다. 그런데 엄마는 옷을 갈아입고 앞치마를 두르고 부엌으로 가야 한다.

이것이 우리나라의 맞벌이 부부의 현실이고, 많이 개선되었다고는 하나 지금 세대들도 거의 비슷할 것이다.

나는 아이들 속에서, 그것도 재적이 85명 이상의 아이들에게

열정을 쏟고 집에 와서도 늦은 나이에 낳은 두 명의 아기에게
불은 젖을 먹이면서 밥을 먹어야 했다.

왼편의 젖을 먹일 때는 오른손으로 밥을 먹고 오른편의 젖을
먹일 때는 왼손으로 서툰 숟가락질과 젓가락질을 하면서…

먹고 나서는 두 어머니께 아이를 맡기고 옆방에 우리 반 학생
들 중 과외공부하는 아이들에게로 갔다. 들어올 때 시험지를 나
눠주고 왔으므로 그때까지 조용하다.(그 시대는 담임이 퇴근 후
과외를 할 수 있었던 때다.)

팔자 좋은 여자들은 느긋하게 젖을 먹이거나 우유로 대신하
고 소파에 기대어 TV의 연속극을 볼 시간 일게다. 그러나 나와
같은 엄마도 많았을 시절이었으니…

그걸 이기는 힘은 정신력이라고 생각한다.

그래서 나는 자녀 기르기에 아이디어를 내기 시작했다. 4명
의 딸아이들은 막내가 유치원 7세 반 다닐 때 큰애가 중학교에
입학을 했다. 안방에 그래프 종이를 붙여놓고 내가 아이들에게
원하는 목록, 키워주고 싶은 덕목을 써놓고, 실천했을 때 자기
가 표시를 하게 하고 예쁜 스티커를 붙이게 했다. 아이들 세 명
이 인천교대부국을 다닐 때, 그 이후 막내도 학교에 들어갔을
때는 우리 집이 서울에 유치원 설립을 위해 이사를 온 후의 일
이다.

아이들에게 숙제해라! 공부해라! 숙제했니? 준비물 챙겼니?

2대 | 양원숙

이런 말은 내 입에서 아이들이 대학생이 될 때까지 한 번도 해보지 않았다. 사실은 내가 거기까지 관여할 에너지가 없었다면 그 말이 맞지만 그러나 네 명의 딸들을 모아놓고 자주 이야기를 나누는 시간을 가졌었다.

① 자기 일은 자기가 스스로 하기
② 어떤 일이든 생각을 먼저 하고 계획하고 진행하기
③ 좋은 습관 생활화하기
④ 어르신에 존댓말 하기
⑤ 여행갈 때 해보고 싶은 일 계획 짜기, 자기 짐 자기가 싸기
⑥ 다녀와서 평가하고 글로 써서 발표하기

등등의 규칙을 세우고 그 룰을 따랐다.

가정이지만 학교 교실의 연속을 느끼도록 했다.

아이들이 커서 나를 평가하는데, 엄마가 아니라 엄격한 담임 선생님 같았다고 말한다.

'자상한 엄마의 사랑'이 부족했던 것일까?

내가 반성을 하지만, 그래도 딸 넷이 규칙을 잘 따라주었고 인성이 바르게 잘 자랐는지 주변에서는 딸 네 명을 다 성공시킨 비결을 강의해달라고 한다.

굳이 비결이라면 큰아이가 고3, 둘째가 고2, 셋째, 넷째가 초등학생 때 나는 전문 분야의 대학원 늦공부를 시작했고 오전엔

유치원 아이들을 가르치느라 바쁘고 오후엔 학생으로서 대학 강의실을 뛰어다녔다. 석사학위논문을 쓰느라, 딸들에게 성적이 어떠하냐? 하고 물어볼 새도 없었다. 그런 물음과 잔소리나 지나친 관심보다 내 논문을 쓰기에 열중하는 내 모습을 자식들에게 보여주었을 뿐이다.

엄마 아빠의 늦공부는 자식에게 본이 되어 큰 효과를 얻는다.

아빠는 그 당시 직장이 인천이라 자기가 졸업한 인하공대 대학원에서 경영학을 배우느라 늦은 퇴근을 했다.

2대 중앙대 교육대학원 유아교육과 석사학위 받던 날
(남편과 큰 딸, 막내 딸과 함께)

# 늙은 학생

늦공부를 할 수밖에 없는 현실. 그리고 그 현실을 이겨내려는 열정 하나로 어려운 길을 선택했다. 오십이 넘은 나이에, 더구나 야간에 듣는 젊은 교수의 이론 강의는 내게 자장가로 들렸다. 하루종일 여러 업무에 쫓기고, 아이들을 가르치는 것으로 에너지를 다 소비해버린 나는 감겨오는 눈에 버팀목을 세워주거나 목에 깁스를 해야 할 정도였다. 도무지 온몸이 노곤하게 녹는 것처럼 쏟아지는 졸음을 쫓을 길이 없었다. 그래도 학위는 따야만 했다.

이론에 박사인 딸, 아들 같은 교수와, 가르친 경험과 경륜으로 나보고 강의하라면 더 쉽게 알아듣도록 강의를 해낼 수 있는 이 늙은 학생의 현실적 고뇌가 스트레스로 쌓이지만 만학은 어쩔 수 없는 선택이었다. 이제 와서 잘 살지 못했던 부모를 원망하지는 않았다. 하고 싶은 일만 하고 살아도 인생은 짧은데, 싫어도 해야 하는 늦공부가 내가 써야 할 시간을 줄이는 것 같아 안타까웠다.

　실은 내게 문제가 있는 것이다.

　많은 학부모 앞에서 유아교육의 적기성을 강의할 수 있으면 됐지, 또 문교부가 인정하는 원장 자격증을 갖추었으면 됐지, 왜 또 학위를 받고 싶은 욕심이 있는 건지 알 수 없었다. 밤이 새도록 예습 복습을 하면서 밑줄을 긋고 요점을 적지만 다음 날 보면 그게 아니었다. '아니, 이 책에 누가 밑줄을 쳤나?' 할 정도로 낯설었다. 앞장 외우고 뒷장 넘기면 앞에 외웠던 것들이 미리 사라질 준비나 한 것처럼 아득했다. 내 하소연을 듣고 나더니 젊은 직장인, 나이 어린 학생들도 웃으면서 "우리도 그래요." 하는 바람에 함께 웃었다. 그런 점은 젊으나 늙으나 똑같다는 말에 위로를 받으니, 사람의 마음은 참 묘한 것 같았다.

　젊은이들이 이해가 빠른 과목이 있는가 하면, 나같이 나이 든 학생이 이해가 빠른 과목들도 있어서 용기를 잃지는 않았다. 3학기가 되자 모든 과가 통합으로 통계학 강의를 듣게 되었다. 통계학은 너무 어려워 용어조차 이해하기 힘들었다. 그 시간은 졸립지도 않았다. 90년대 초반이라 강의실에 컴퓨터 숫자가 모자라서 두 명씩 앉아 실습을 했다. 인원 때문에 반은 강의실에 있었고, 반은 컴퓨터실에서 작동과 통계처리까지 컴퓨터 전담 교수에게 상세한 설명을 들었다. 이때 둘씩 짝을 지어 컴퓨터 앞에 앉아야 하는데, 늙은 나와는 아무도 짝이 되어주질 않는 것이었다. 할 수 없이 컴퓨터 앞에 혼자 앉았다.

벽면 쪽에 쭉 켜있는 모니터를 보고 교수는,

"몇 번째, 틀렸으니 불을 끄고 옆 사람 화면을 보세요."

"다시 계속 하겠습니다." 그리고는 또,

"몇 번 컴퓨터, 틀렸으니 불 끄고 옆 사람 화면 보세요" 한다.

함께 앉은 짝과 의논해 가면서도 많이들 틀렸다. 더구나 나는 혼자이니 상의할 곳도 없고 초긴장 상태였다. '좋아, 내가 늙어서 짝을 하기 싫다구? 그래, 어디 해보자.' 이 역경을 이겨내야 한다는 오기로 맞섰다. 결국 나의 긴장은 다른 학생들의 그 많은 컴퓨터를 끄게 하고 몇 개 안 남은 틈에 끼어 우르르 몰려와 내 책상 위의 컴퓨터를 지켜보게 하였다. 내 절실함이 나를 위기에서 도운 것이다. 그 후부터 수학, 체육, 국어, 교육학 등등 각과 남녀 학생들이 나하고 짝을 하자고 청해 왔다. 나는 선착순에 의해 당당히 짝을 선택할 수 있었다.

늦공부도 이런 재미가 있었다.

2대, 중앙대 교육대학원 유아교육학과 석사학위 취득 동문들과

# 5부

오월이 오면

# 청어이야기

오월이 오면 푸르름이 온 세상을 덮는다.

나무들이 푸른 옷을 갈아입으면 많은 도심의 사람들이 맑은 공기를 마시게 되니 더욱 좋다. 오월은 어린이날과 어버이날이 있어서 천진한 아이들이 좋아하고 또 나이 드신 어른이 효도를 받아서 좋은 달이기도 하다. 특히 오월은 어버이의 은혜를 생각하게 해, 살아 계신 내 어머님께 효도할 기회가 되니 좋다. 나 또한 내 자식들이 효도를 한다고 나를 찾아와 용돈도 주고 선물도 주니…

오월 속에는 스승의 날이 있어서 은혜를 생각하게 하고 선생님들에게 조금이나마 보답의 기회를 만들게 되니 교육기관을 운영하는 장으로서 또한 기분이 좋다. 스승의 날을 며칠 앞둔 어느 금요일 오후, 교사 모두를 위로하기 위해 나로서는 거금을 들여 1박 2일의 여행을 마련했다. 모두 들뜬 기분으로 수업을 마치고 오후 3시 기차를 타기 위해 우리 교사 일행은 삼삼오

오 짝을 지어 서울역으로 향했다. 각자의 배낭을 매고 서울역에 집합한 후 점호를 마치자, 개찰구를 나가 모두 새마을호에 올랐다. (그 당시 KTX가 생기기 전) 비행기보다 기분 좋은 것은 정시에 기차가 정확히 움직인다는 것이다. 여행의 기쁨을 감추지 못하는 교사들의 입가엔 미소가 가득했다.

창밖을 보았다.

어느새 저렇게 온통 푸르렀을까? 지난겨울 몹시도 추웠는데 앙상한 나무에 초록 잎새가 무성했다. 모두가 창에서 눈을 떼지 못했다. 무슨 생각을 하는 것인지…

네 시간 10분 만에 부산역에 닿았다.

바다 내음이 상큼한 바람을 타고 콧속으로, 몸속으로 들어왔다. 미리 예약된 식당에는 돼지 불고기와 맛있는 된장국이 준비되어 있었다. 저녁 식사 후, 숙소에 짐을 풀고 높이 솟은 부산 타워에 올랐다. 사방이 확 트인 휘황찬란한 시내의 밤 야경은 어느 나라 야경보다 아름답고 멋졌다. 영도다리 밑에 반짝이는 금빛 물 그림자가 황홀하게 흔들리고 있었다.

저녁에 교사 일행은 넓은 여관방에 모두 둘러앉아 자정이 넘도록 이야기꽃을 피웠다. 아이들을 가르치는 사람으로서 자신을 뒤돌아보는 시간이었고, 또한 앞으로의 각오까지 다짐하는 중요한 계기였다. 내가 일행에게 마무리로 들려준 '메기와 청어 이야기'는 교사들에게 새로운 바람을 넣어 준 듯했다.

## 「메기와 청어 이야기」

   냉장 기술이 없었을 때 북해 연안에서 청어잡이를 하는 어부들의 최대 관심사와 희망은 북해에서 런던까지 청어를 싱싱하게 살려서 가지고 가는 것이었다. 어부들이 아무리 노력을 해도 배가 런던에 도착하면 청어는 다 죽어있다.

   그러나 많은 어부들 중 한 어부는 살아있는 싱싱한 청어를 비싼 값에 팔아 큰돈을 벌곤 했다. 다른 어부들이 아무리 물어도 비밀이라며 가르쳐 주지 않고 혼자만 늘 살아있는 청어를 비싼 값에 팔았다. 다른 어부들은 그 비밀을 알려고 끈질긴 설득을 했다. 돈을 번 어부는 그제야 자기의 성공담을 털어놓았다. 메기가 청어를 잡아먹는 점을 이용하여 메기 두세 마리를 청어 통에 넣어주면 수백 마리 청어는 메기에게 잡혀 먹히지 않으려고 계속 도망을 다닌다. 수백 마리 중에 서너 마리가 희생되는 동안 살아있는 많은 청어는 무사히 영국에 도착하게 된다고 털어놓았다.

   비밀은 바로 이것이었다. 메기 때문에 생명의 위협을 느낀 청어는 살기 위해 끝없이 움직였고 바로 그 점이 비싼 값에 팔리는 청어를 만든 것이다.


위의 예화는 어린이에게 지나친 과보호보다 또래끼리 부딪치면서 놀고 경쟁하는 것은 오히려 생존력과 생명력을 키우는 데 큰 도움이 된다는 것을 일깨워준다. 이 점에서 메기와의 투쟁은 오히려 자라나는 데 필수적이며 이것은 어려서 뿐 아니라 우리의 전 생애에 걸쳐서 해당되는 것이라고 마무리하였다. 나 역시 그렇게 살아왔고. 교사들은 모두 고개를 끄덕였다.

다음 날 아침 일찍 일어나 식사를 마치고 여덟 시 정각에 출발하는 크고 멋진 배에 올랐다. 앤젤호는 바다 위에 떠서 새처럼 날아가듯 40여 분을 갔다. 넓은 바다로 나가니 저 멀리 보이던 섬 하나가 물결 속에 생겼다가 없어졌다 하고 작은 통통배들이 옆으로 지나가며 앤젤호를 부러워하는 듯 했다. 앤젤호의 배 안도 몇 년 전과는 아주 수준이 달랐다. 깨끗하게 잘 정돈된 배 안과 정확한 정원으로 하여 서 있거나 돌아다니는 사람이 한 명도 없었다.

광활한 바다는 서울에서의 답답한 마음을 시원케 하고 맑은 공기는 가슴 속 깊은 곳까지 청결하게 해주는 것 같았다.

거제도에서 다시 작은 배로 갈아타고 해금강을 지나갔다. 자연의 경이와 아름다움으로 가득 찬 바위 사이를 누비며 안내원에게 해금강의 떠 있는 돌들의 사연을 듣다 보니 외도에 닿았다.

여기도 한국인가? 이런 천국을 만들어 사람들에게 누리게 한 위대한 사람들이 있었다고 한다. 지금부터 25년 전에 사업가로 변신하여 의류 원단에 성공한 어느 전직 교사 부부는 우연한 기회에 외도와 인연을 맺었고, 부부는 척박한 바위섬을 지상의 낙원으로 개발하였다. 풀 한 포기 돌 하나에서부터 조각품 선정,

실제 수목 배치까지 손수 했다고 한다. 25년이 되니까 그렇게 아름다운 섬이 된 것이다.

정원사가 아름답게 꾸민 정원을 산책하듯 우리는 감탄과 놀람, 기쁨, 행복감에 말을 잊었다. 무슨 단어를 써야 그 감정이 실감날까? 순간, '남은 25년간 섬 하나를 천국으로 꾸밀 때 나는 무엇을 했는가' 하고, 회의에 빠지려는데 옆에 있던 교사들이 원장님은 25년간 그 이상 이 나라 2세 아이들을 키우지 않았느냐고 나를 위로한다.

듣고 보니 그 말도 맞는 말이다. 행복이 가득한 교사들의 얼굴을 보며 스승의 날 기념 여행을 주선한 내 마음은 더 흡족하고 즐거웠다.

오후 6시 서울행 기차에 몸을 실은 일행은 1박 2일의 빠듯한 스승의 날 기념 여행을 흐뭇해하면서도 아쉬워했다. 기차에서 나름대로 무언가 각자 메모를 하는 모습은 자신이 맡은 아이들에게 이번 여행을 함께 나누고 싶어 하는 듯이 보였다. 눈에 다시 아른거리는 여행지의 장면들이 나의 단잠을 앗아갔다.

<br>

-2003년 한국문인 문학상(수필부문)을 받은 에세이집
《청어이야기》 중에서

**2대의 첫 에세이집 《청어이야기》**
(2002년 5월 발간)

# 딸의
# 충고

『나는 다만 내가 하고 싶은 일을 할 뿐이다』

둘째 딸이 내게 주면서 꼬옥 읽어보라고 했던 책의 제목이다.

딸은 그랬다. "그동안 고생 많이 하셨으니까 엄마도 이제는 하고 싶은 일을 하면서 사세요." 얼떨결에 그 책을 받고 한참을 생각했다. 어느새 딸이 커서 이 엄마의 마음을 알아주나 싶기도 해, 딸이 내게 했던 그 말을 여러 번 되뇌어 보았다. 그리고 그 날 밤 단숨에 다 읽어 내려갔다.

어느 정신과 의사가 쓴 환자와 주변 사람들과의 삶의 이야기를 진솔하게 엮어나간 책이었다. 책을 읽고 환자 보는 일도 바쁜데 글을 쓸 수 있다는 정신과 의사가 부러웠다. 바쁘다는 이유와 하루하루 삶에 충실하자니, 하고 싶은 일은 뒷전으로 밀려나기 마련이었던 내 삶이었다. 그러나 그 책을 통해 삶의 방향을 바꾸라는 충고로 이 책을 내게 선택해 준 것이라 생각되니 새삼스럽게 딸이 고마웠다. 책을 통해 좋은 발견을 할 수 있었기 때문이다. 그렇다면 내가 지금 하고 있는 일 말고 간절히 하고 싶은 일은 무엇일까 생각해 보았다.

나는 언젠가는 꼭 할거야 하면서 세월을 흘려보냈고, 딸은 바쁘다는 건 이유가 될 수 없다고 했다. 딸은 소위 일류 대학을 나오고도 적성에 안 맞는다고 졸업 후 다른 대학에 다시 편입해서 과를 바꾸었고 30이 넘어도 늦공부에 열을 올리며, 결혼보다 하고 싶은 일이 더 좋다고 몰두하며 살고 있다. 그야말로 386세대들의 특징을 그대로 나타내고 있는 것이다.

나는 어떤 세대인가.

6·25의 전쟁의 상처는 우리 가정에도 예외 없이 찾아왔다. 아버지는 북으로 납치되어 가시고 오빠는 군대로 가야 했다. 능력과 관계없이 나는 중학생의 몸으로 조부모님과 어머니를 모셔야 하는 가장의 역할을 했다. 물론 어머니는 그때 젊으셨지만 책임감은 내게 더했다. 그런 어려운 시절에 끼니 걱정, 학비 걱정은 나만의 일은 아니었다. 시험 때면 학급의 반 이상이 납부금 미납자로 복도로 우루루 쫓겨나갔다 들어왔다 하는 시달림을 받은 세대들이다. 나도 예외 없이 그 속에 끼어있었다.

고학으로 해결하면서 어렵게 사범학교를 나왔고, 졸업 후 교단생활은 나의 오아시스였다. 다행히 적성에 맞았고 천직으로 알고 최선을 다하는 동안 어느새 흰머리는 앞에서 옆에서 보이기 시작했다. 딸은 그런 엄마가 보기 안타까웠고 내 꿈 하나를 진작에 알고 있었기에 이제부터라도 그 꿈을 실현해 보고 자신

2대 | 양원숙

을 위해서도 투자 좀 하시라고 강하게 자극을 준 것이다.

　그렇게 해서 두 번째의 꿈을 펼치기 시작했다. 이순의 나이
에.

# 오월의
# 바람

## 누구를 위한 희생인가

잠이 오지 않는 밤.

긴급 뉴스라는 자막이 스쳐갔다. 곧 이어 'ㅇㅇㅇ 긴급수배 현상금 100만 원 1계급 특진'. 딸아이 이름이다. 거기까지 갈 줄은 예측했던 일이지만 집 나가서 여러 달을 언덕이 많은 원효로 달동네에 다락방 한 칸을 얻어 여러 달을 숨어사는 애가 자기 이름이 전국에 나간 것도 모르고 지금 이 시간엔 또 어디서 무얼 할까. 100만 원의 현상금과 1계급 특진은 그 다음날 일간 신문에도 나왔다. 물론 딸아이 이름도 함께.

학생들의 애국심은 최고조에 올랐고 이 땅 위에 참 민주주의를 심어보겠다고 자기 몸을 희생하는 학생들과는 정반대 입장에서 형사들은 나름대로 공무에 충실하자니 100만 원과 1계급 특진은 그들을 긴장시키기에 좋은 보상이었다. 지명수배 학생들을 잡는 지름길은 그의 가족을 괴롭히는 것이고 특히 어머니를 괴롭히면 자식들은 손쉽게 잡힐 것이라는 것은 상식이다. 나는 덫에 걸렸고 그 시달림으로 몇 달이 흘렀다. 딸이 어디쯤에 살고 있는지 짐작은 했지만 정작 정확한 집은 알 수 없었다. 딸의 생각으로는 엄마도 믿을 수 없었기 때문에 절대 가르쳐 주지 않았다.

내 느낌으로는 형사들이 상금과 1계급 특진에 혈안이 되었다고 표현해야 할지. 당시 집이 여의도라서 관할 영등포 경찰서 형사 두 명이 거의 매일 내 직장에 찾아왔다. 딸을 찾아 내놓으라는 것이다. 영등포 형사들이 나간 지 한 시간도 못돼서 이번에는 관악 경찰서 정보과 형사가 들이닥쳤다. 똑같은 방법으로 딸을 찾아내란다. 나는 "제발 형사 나리들이 내 딸을 찾아내면 내가 딸을 혼내주고 현상금의 두 배를 주겠다."며 오히려 내 쪽에서 열을 올렸다. 한 시간도 못돼서 대공수사본부에서 형사들이 또 왔다. 안기부에서도 다녀갔다. 이렇게 네 군데, 다섯 군데 형사가 개근상을 줄 정도로 매일 찾아왔다.

으레 들어오면서,

"안녕하십니까?"

"안녕하지 않은데요."

"그게 무슨 말입니까?"

"매일 여러분으로부터 똑같이 되풀이되는 심문에 죽을 지경이니까요."

농담을 해가며 태연한 척 하기란 무척 힘들었고 그대로 바닥에 눕고 싶도록 피곤했다. 사람에게 시달림을 받는 것은 살이 마르는 일이다. 아이가 데모한 가정이 한두 집인가. 그 부모들은 모두가 당사자보다 더 힘들게 살았다. 심지어 공무원인 아버지의 옷을 벗게 한 예도 주변에 있었으니 그 아버지는 무슨 죄인가?

"잠시 후 1시부터 서울대 아크로폴리스 광장에서 데모가 있을 예정이니 빨리 와서 딸을 데려가시오."

나는 근무 중에 교수의 전화를 받자마자 차를 몰고 아이가 있는 학교로 갔다. 20분 전 건물 여기저기에서 물밀듯이 모여든 몇천 명의 학생들이 자리를 가득 메우고 있었다. 이리저리 학생들의 틈바구니를 비집고 정신없이 딸을 찾아다녔다. 하지만 찾지 못한 채 곧 데모는 시작되었다. 무시무시했다. 교문 밖에서는 최루탄이 터지고 웬만한 사람은 눈을 뜰 수가 없는데도 학생들은 태연했다.

'진정한 민주국가 실현을 위해서는 이런 고통쯤은…' 하는 것 같았다.

곧 단상 앞에 바람같이 나타난 여학생.

두 주먹을 힘껏 쥐고 구호를 선창한다. 아… 내 딸이.

"군부독재 타도하자! 타도하자! 타도하자!"

관악산이 떠나갈 듯하다. 선창하고 후창할 틈을 타서,

"영미야!"

나는 단상 가까이 건물 기둥 뒤에 몸을 감추고 한 가지 구호가 외쳐질 때마다 딸아이 이름을 외마디로 외쳤다. 힐끗 뒤를 돌아다 본다. 다행히 엄마의 목소리가 전해진 것이다. '하라는 공부는 안 하고 에미 속을 썩이는 이 불효 자식을 머리채를 잡고 끌고 와야지' 마음먹고 갔던 것이 데모 현장을 보고는 용기를 잃는다. 네가 이다음에 어떤 방법으로 자식들 중 최고로 내게 효도를 한다 해도 나는 지금 이 순간 내 인생을 값지게 살고 싶다라는 생각을 했다.

딸 때문에 내 생활은 말이 아니었다.

'무자식이 상팔자' 라더니, 낮이면 형사들에게 시달리고 밤이면 어디서 밥은 먹고 사는지 걱정하고 한숨짓고 간첩 접선하듯 생활비 건네주고 김치통 전해주고 도대체 누구를 위한 희생인가? 널 잡아 내 손으로 경찰에 넘겨주고 싶다.


끝내는 형사들의 집념을 피할 길 없어 10개월의 도피생활 끝에 딸은 잡히고 말았고 1계급 특진한 형사는 기뻐하고…

때를 같이하여 건대 대규모 데모 사건이 터지고 박종철이 죽었다고들 떠들고 있었다.

이 땅에서 학생의 데모는 이제 서서히 사라지고 4년에 졸업해야 할 대학을 5년, 6년에 졸업들을 하고, 사회에 나와 보니 실력은 아랑곳 없이 나이와 데모꾼의 꼬리표만이 앞길을 막는다.

그들의 희생은 누구를 위한 희생이었는가? 대통령의 사면장은 휴지에 불과하고, 설 곳이 없는 아이들은 속속 바람과 같이

이 땅을 떠나 외국으로 유학을 갔다. 이 에미 가슴속에 바람을
일으킨 딸애도 결국 눈물을 보이면서 떠났다.

우리 딸아이가 뿌린 씨앗은 이 푸르른 오월에도 소식이 없다.
언제나 꽃이 피려나.

-제29회 신사임당 백일장 출전 작품 수필부문 장원상 수상작

# 어버이날이
# 올 때마다

　해마다 5월 8일 어버이날을 맞을 때마다 찾아뵐 어버이가 안 계신다는 것이 몹시 슬프다. 6·25 때 납치를 당해 이북으로 끌려가신 아버지를 목 빠지게 기다리던 어머니가 꼬부랑 할머니가 되어서도 눈 빠지게 기다리시는 모습을 볼 때마다 자식으로서 안타까운 마음이었다.

　나는 한식과 식목일이 지나고 어버이날 쯤이면 해마다 어머니가 계신 추모공원을 찾는다. 앞이 탁 트인 양지바른 강화도 파라다이스 추모공원을 일부러 둘째 딸에게 함께 가자고 제안을 한다.

　해마다 다녀왔다.

　살아생전엔 어버이날에 카네이션 꽃, 용돈 봉투, 새 옷 한 벌 정도는 늘 사들고 찾아뵈었어도 어머니를 만난다는 기쁨에 나 혼자서라도 운전을 하고 갔었다. 엄마는 만날 때마다 아주 반가워하시면서도, 바쁜데 꼭 이날 서울서 부평까지 멀기도 한데,

이제는 그만 내려오지 않아도 된다며 극구 전화로 말리고 사양을 하셨다.

내가 어머니한테 했듯 나의 네 딸들도 해마다 어버이날이면 똑같이 전화로 묻는다.

"엄마, 무엇 갖고 싶으세요? 뭘 잡숫고 싶으세요? 어디 가고 싶으세요?"

그 대답은 내 어머니가 내게 한 대답과 어쩌면 그렇게 똑같이 하게 되는지. 내 대답이 울 엄마를 닮았다

"먹고 싶은 것, 갖고 싶은 것 없으니 걱정 말고, 바쁘면 굳이 이날 안 와도 되니 부담 갖지 말라." 고…

나는 엄마가 살아계실 때 가시고 싶었을 일본 온천여행을 한 번 못 모시고 간 것과 동경 구경을 못 시켜드린 것이 몹시 후회가 된다.

제주도 2박 3일 엄마와 단둘이 갔을 때 그렇게 좋아하셨는데 살아계실 때 일 년에 한 번이 아니라 두 번 세 번을 갔었어야 했는데…

엄마 손을 꼭 쥐고 다음 여행지를 계획하며 다정한 밤을 단 며칠만이라도 더 많이 보냈어야 했다.


"엄마, 용서해 주십시오.

제가 당장 눈앞에 일을 우선하느라 그렇게 급히 가실 줄은 생각을 못 했습니다.

　　　　　　　　　　　　　　　2대 ｜ 양원숙

엄마, 죄송합니다. 그리고 지내놓고 보니 엄마의 양육방법이 훌륭했다는 것에 높은 평가와 감사를 드립니다. 그 어려운 시집 살이를 하면서도 내가 어릴 적에 정신적인 풍요를 누구보다 흠뻑 누리게 해주셨습니다. 풍부한 상상의 나래를 펼치며 이야기 속에서 꿈을 상상하며 생각을 깊고 넓게 하도록 해주셨습니다.

그렇게 어머니가 훌륭한 유아교육을 해주신 덕분에 저는 정서적 풍요와 인성교육의 기초, 창의력, 상상력 등을 키웠습니다. 그래서 학교생활을 남보다 긍정적으로 잘할 수 있었는데 그것은 내 주변 친구들이 다 인정해 줍니다. 다 어머니 덕분입니다. 또 저의 네 딸에게도 어린 시절 엄마가 내게 해주셨듯이 똑같이 이야기와 책을 많이 접하는 환경을 만들어주셨지요.

어머니! 어릴 적 마음의 풍요를 충분히 주신 것이 오늘도 제가 성공적인 유아교육을 45년간 지탱하고 계속할 수 있었다는 자부심을 갖게 됩니다. 훌륭한 어머님의 양육방법이 있었기에 가능했음을 고백하며 어머니를 자랑스럽게 생각합니다.

존경하는 어머니, 고맙고 감사합니다. 그리고 사랑합니다.

외손녀인 자신을 무릎에 앉히고 키워주신

외할머니 은혜에 감사하며

할머니와 엄마의 삶을 보고 느낀 대로 쓴 글

# 3대

---

故 최정숙의 외손녀

# 이 영 미

1부

그리운
외할머니

# 외할머니의
# 등

세상에 가슴을 두근거리게 하는 단어들이 몇 있지만, 그중에서도 '외할머니'라는 단어를 들을 때면 나는 늘 어떤 향수병과 같은 그리움을 느낀다. 살면서 내가 상실한 것들 중 아마 가장 소중한 기억이 아닐까…

키 작고 마른 체구에 오목조목 예쁜 얼굴.

그 이름도 고운 '최정숙' 여사. 1910년대 여성의 이름 치고는 엄청 세련된 이름이다. 지금도 외할머니가 동그마니 앉아 긴 머리에 동백기름을 바르시며 차분히 빗질하던 모습이 떠오른다.

최정숙 여사는 나를 업고 키우셨다.

모두가 가난했던 시절. 그중에서도 양쪽 집안의 둘째들이었던 엄마와 아빠. 맨주먹으로 방 2칸, 옛날식 부엌이 전부인 작은 전세방에서 시작한, 가진 것 없던 두 사람이었기에 살기 위해 맞벌이를 할 수밖에 없었다. 아빠는 결혼하면서 저축을 위해 총각 때 좋아했던 술과 담배도 딱 끊었다고 한다. 그 후에 평생을 술·담배를 입도 대지 않았으니 참 독한 사람이다.

엄마는 더 독했다. 어려서 고학으로 꿈을 이룬 엄마는 국민학교 선생님으로 일하셨고, 집에 돌아와서도 문간방에 한가득 아이들을 모아놓고 늦게까지 과외를 하셨다. 그렇게 해서 버는 돈으로도 폼나는 옷 한 벌 못 사 입고, 시집을 때 해오셨다는 양단 두루마기마저 잘라서 언니와 내 바바리코트로 만들어 입혔던 희생적인 엄마였다.

이런 상황이었기에, 연년생이었던 우리를 언니는 친할머니가, 나는 외할머니가 전담해서 키울 수밖에 없었다.

『효녀 심청전』의 심 봉사가 딸 청이를 동네방네 업고 다니며 젖동냥을 해서 키웠던 것처럼, 외할머니는 젖먹이인 나를 업고 매일같이 엄마가 근무하는 학교로 점심시간에 맞춰 가서 젖을 먹이고 돌아오셨다고 한다. 수유실이나 여교사 휴게실 같은 복지시설이 있을 리 만무했던 시절. 그나마 학교에서 배려해 줘서 남자 교사들이 퇴근 후부터 아침까지 학교를 지키던 온돌방인 숙직실을 낮에는 기혼 여교사들이 사용할 수 있게 해 줬다고 한다. 길지도 않았을 점심시간을 교무실에서 급히 점심 드시고 단 일분도 쉬지 못하고 숙직실로 달려와서 나를 안고 젖을 먹여야 했으니 엄마는 얼마나 힘들었을까. 그리고 내가 당시 몸무게 미달의 왜소한 아기였다 한들, 키도 작고 늘 골골하셨던 외할머니가 나를 업고 일주일에 6일을 버스로 세 정거장 거리를 걸어서 다니느라 얼마나 낑낑 무겁고 힘드셨을까. 나는 작은 등에 편안히 업혀, 배불리 먹은 후라 쌕쌕 곤하게 잠들었을 것이다.

나의 무의식 속엔 외할머니의 따뜻한 등과 나를 토닥이던 손의 감촉이 깊고 따뜻한 심해 속에 포근히 저장되어 있다.

# 할머니의
# 레파토리

"계집애를 무슨 학교를 보내느냐"는 새엄마 등쌀에 그렇게 좋아했던 공부를 국민학교 2학년 중퇴로 마쳐야 했던 외할머니는 늘 배움에 대해 한을 가지셨고, 동생들을 업어 키우는 와중에 혼자 읽었던 전래동화들을 차곡차곡 기억해두어 아주 맛깔나는 이야기보따리로 풀어놓는 재주가 있으셨다.

해와 달이 된 오누이, 콩쥐 팥쥐, 도깨비 이야기, 복숭아 동자, 흥부 놀부, 혹부리 영감, 장화 홍련, 효녀 심청이… 그리고 신데렐라와 백설 공주 이야기까지…

다양한 레파토리로 할머니가 잠자리에서 들려주셨던 옛날이야기들은 생생했고 흥미진진하여 나는 눈을 휘둥그레 뜨고 할머니의 이야기 속으로 빠져들어 상상의 나래를 폈었다. 이때 들은 옛날이야기들을 모두 기억하여 나중에 일 학년 갓 들어간 셋째 동생 손을 잡고 학교에 가면서, 그리고 집에 돌아와 잠자리에 앉아 이야기들을 해 주면서 셋째의 정서 생활을 내가 풍부하게 해 준 공로를 아무도 몰라준다는 게 화가 난다.

아무튼 내가 지금 영화든 시나리오 쓰기든 뭐든 이쪽 일을 하게 된 것은 아마도 할머니의 그 상상력 풍부한 이야기들의 힘 덕분이 아닐까?
할머니는 내게 무엇과도 바꾸고 싶지 않은 소중한 자산을 주셨다.

# 골목대장

아장아장 할머니 치맛자락을 잡고 걸음마를 떼던 내가 조금 더 자라서 혼자서도 잘 뛸 수 있게 된 후부터 나는 한 시도 집에 붙어있지 않고 밖으로 후다닥 뛰어나갔다. 큰딸도 막내도 아닌 '들판에서 놔먹여 기르는', '저절로 지가 알아서 크는' 둘째 신세였기에 더더욱 '고독한 존재'였기에 나는 주로 나가서 놀았다. 집에서야 존재감이 없이 살았지만 밖에서는 늘상 '대장'이었기에.

그다지 착하고 순한 아이가 아니었던 나는 아침밥을 먹자마자 문을 박차고 뛰어나가서 "밥 먹어라~!"는 외할머니 부름이 있을 때까지 대부분의 시간을 동네 아이들과 보냈다. 요즘 아이들처럼 노란 버스를 타고 이 학원에서 저 학원으로 또는 돌봄 교실로… 순례를 다닐 필요도, 그럴 여유도 없었던지라 동네 공터와 자동차가 거의 다니지 않았던 동네 길과 언덕을 이쪽저쪽 종횡무진 뛰어다녔다.

3대 | 이영미

공터 바닥에 하얀 돌로 다방구나 세발뛰기를 크게 그려서 뛰어놀았고, 공기놀이나 고무줄보다는 나무 칼을 만들어 동네 남자아이들과 칼싸움을 하며 전쟁놀이하는 것을 더 즐겼던 개구쟁이였기에 툭하면 여기저기 기스 나고 시시때때로 옥도정기를 발라줘야 했으니 외할머니도 참 고생이 많으셨다.

가장 기억나는 건, 어느 날 내가 화장실에서 남자처럼 '서서 오줌싸기'를 실험한 적이 있는데 당연히 바지에 줄줄 흘러내려 옷을 다 적시고 말았다. 이런 나를 본 외할머니가 야단야단을 하면서 빗자루를 들고 뛰어오셔서 깜짝 놀라 바지를 채 올리지도 못한 채 36계 줄행랑을 쳤다. 고등학교 때 계주선수를 할 정도로 달리기만큼은 자신 있었으니, 눈썹이 휘날리게 달아나서 안 잡혔지만 말이다.

그때도 그랬지만 지금도 이해가 안 되는 건 그게 뭐 잘못한 일이라고 빗자루를 들고 뛰어오셨을까? 하는 점이다.

그 순간이 외할머니에게 느꼈던 유일한 세대차였다. 그 외에는 할머니는 놀라울 정도로 위트와 유머 감각이 있었고, '가르치려 하는' 지루한 FM 꼰대이기보다는 '같이 킥킥대는' 친구였다. 그리고 솔직히 최정숙 여사가 자애롭고 인자한 '한국의 어머니' 같은 성격은 아니었다. 성질도 부리시고, 팔팔하게 화도 잘 내셨고, 꽤 코믹하게 재미있으셨고, 감정 표현도 직선적이었던.. 그런 성격이었지. 그래서 더 이해심도 많고 통하는 점이 많아서, 섬세한 아이 마음을 서럽게 만들지도 않으셨고, 쿨했고, 약자의 마음을 늘 본인이 알고 있어서… 그래서 더 좋아했었나 보다.

# 그 시대에
# 여자로 산다는 것


할머니는 결코 '잘난 여자'가 아니었다.

흔히 볼 수 있는 가난한 가정의 평범한 한 여자이자 아내, 어머니, 할머니였기에 나는 외할머니의 삶이 더 가슴에 와닿는다. 일제 시대와 전쟁, 경제부흥기, 유신시절… 여자로 사는 것이 숨도 쉴 수 없이 답답하던 시절. 딸을 낳으면 죄인이 되어야 했던 개뿔 같은 세상. 돈도 개코도 못 벌어오는 주제에 외도와 외유를 당연히, 밥 먹듯 하면서도 이유 없이 당당했던 개차반 남편들.

같은 여자면서 '똑같은 여자'인 며느리를 노예보다 더 하대했던 시어머니들에게 학대받고 주눅 들어 살았던 시절, 그럼에도 가세가 기울면 맨발로 뛰어나가 시장이든 식당이든 공장이든 다니며 돈을 벌어와 자식들 입에 밥을 넣어줘야 했던 가난한 엄마들의 시절.

늙어서도 병든 시부모, 남편을 봉양하며 또 뼈가 으스러져라 희생하고 자식들한테 용돈 몇 푼이나 받으며 손주들을 또 몸이 다 스러질 때까지 돌봐줘야 했던…

그런 시대에 태어난 최정숙 여사는 얼마나 모진 삶을 살았나…

할머니가 "꼭 책으로 만들어 달라"고 신신당부를 하시며 숙제처럼 남기고 가신 그 노트 속의 힘들었던 할머니의 인생.

정말 눈물 나게 '지지리도 복도 없는 팔자' 셨다.


그런데도 이상하게 반짝 반짝 빛이 났던 소박한 할머니의 글들.

지금이었다면 원하던 공부도 하시고 누구보다 뛰어난 작가가 되셨을 텐데… (어쩌면 깨우치시고 독립운동을 하셨을지도?)

스마트하고 얼굴도 귀여우시니 원하는 남자를 찜해서 행복도 찾고, 초롱초롱한 두 눈을 빛내며 자신의 꿈을 이루는 최정숙 여사가 되었을 거라고 생각하면 나는 더욱 외할머니가 아프다.

우리는 우리들의 할머니, 어머니들의 삶에 갚을 길 없는 큰 빚을 지고 살았다고 생각한다…

# 고등어
## 유감

냉장고를 열 때 문득 외할머니 목소리가 들릴 때가 있다.

입이 짧은 편인 내가 좋아하는 반찬인 고등어자반을, 성장해서 대학에 들어간 후에도 외할머니는 우리 집에 오셨을 때마다 고등어를 재어놓으셨다가 문 열고 들어오는 내 소리가 들리자마자 "주연이냐~" (어렸을 때는 집에서 나를 '이주연'으로 불렀다) 하고 정겹게 부르시곤 하셨다. 그런 저녁에는 나는 늘 밥상 위에 노릇하게 구워져 있는 고등어구이를 기대할 수 있었다. 산울림의 '어머니와 고등어' 라는 노래의 가사처럼. 그래서 나는 그 노래를 좋아한다.

지금은 집에서 생선 구워 먹는 것도 번거롭고… 생선구이 하는 식당도 별로 없고, 뭣보다 어떤 식당도 할머니처럼 맛있게 굽지도 못해서 고등어자반 구이는 거의 잊고 산다.

## 할머니와의
## 이별


영원한 내 마음의 고향인 외할머니.

할머니의 마지막 모습은 지금도 잊을 수가 없다.

늘 팔팔하시고 건강하셔서(그렇다고 착각했는지도) 할머니가 돌아가신다는 것은 상상도 못하고, 오직 나 사는 데만 급급하며 살던 내게 "외할머니가 돌아가셨다."는 엄마의 말은 청천벽력 이전에 도무지 현실적인 말로 느껴지지 않았다. 황급히 달려간 병상에 할머니가 움직이지 않고 숨도 안 쉬시며 정지되어 누워 계시는 것도 생소한데 입을 반쯤 벌리시고 초라하게 작은 모습 으로 계신 염 하기 전의 그 얼굴은 내게 충격이었다.

3일장 동안에, 화장할 때… 도무지 할머니의 죽음이라는 갑 작스런 상황이 이해가 안 되고 이제 외할머니 없이 살아야 한다 는 것에 슬픔을 가눌 수 없어 계속 펑펑 울었다.

그제서야 내게 외할머니를 잃는 것이 얼마나 큰 상실인지를 절감하면서….

외할머니가 돌아가시고 나서야 비로소, 처음으로 나는 인간이 모두 죽는다는 것을 현실로 알게 되었다.

그렇게 할머니는 내게 삶도 죽음도 가르쳐주시고 떠나셨다.

할머니가 보고 싶다.
이제 인생의 반을 꺾은 지금도 가끔 외할머니 꿈을 꾼다.
엄마가 내게 삶의 기반인 정신적 기둥이라면,
아빠는 내게 예술가의 기질을 물려줬고,
… 외할머니는 나에게 영원한 마음의 고향이다.
할머니 살아계실 때 그렇게나 좋아하셨던 이미자 콘서트를 모시고 가지 못한 게 한이 된다. 한 20년은 더 사실 줄 알았지….
이렇게 우리는 미친 듯이 정신없이 살다가 문득 가장 소중한 것을 잃는다.

할머니에게 나의 마음과 고마움을 제대로 표현하지 못했듯이, 오늘도 나는 변함없는 불효자식으로 여전히 엄마의 속을 썩이고 산다. 아직도 사랑을 제대로 보여주지 못하며 살고 있는 중생이다. 외할머니가 살아 계시다면 모든 것이 조금 더 스무스할 텐데….

하늘이 흐리고 비가 퍼붓거나 허연 눈이 시야를 가리며 답답하게 내리는 날엔,

누구의 말도 피곤하기만 할 뿐 내 마음을 달래주지 않는 이런 고독한 날에는 다시 한번, 그때의 그 아이로 돌아가고 싶다.

아무 말도 없이 내 머리를 쓰다듬어 주실 할머니에게 괜스레 칭얼대고 싶다.

이제야 철이 들어버린 이 나이듦의 설움과 어색함을

할머니와 친구처럼 속닥속닥 이야기 나누고 싶다.

아니, 그냥 할머니의 치맛자락을 붙잡고 펑펑 울고 싶다.

나의 이 거친 글 조각이 조금이라도 외할머니 마음에 가 닿을 수 있다면 행복하겠다.

"할머니, 사랑해." 라고 조그맣게 하늘을 향해 말해 본다.

2021. 5. 22 외손녀 이영미 드림

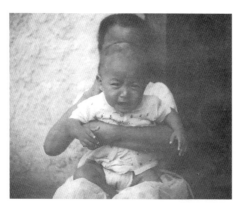

**1대 외할머니에게 안겨 맘껏 울고있는 3대**

2부

영화감독이
되다

## 영화감독이
## 되다

대학 때의 전공과도 전혀 상관없고 일말의 내색도 하지 않았던 내가 갑자기 영화의 길로 간다고 했을 때 모두가 의아해 했다.

하지만 그것이 나의 어렸을 때부터의 꿈이었다는 것은 오직 나만이 알고 있었다.

87년의 돌풍도 가라앉고, 나의 20대의 대부분을 보냈던 바람 부는 거리에서 돌아와 뒤늦게 복학, 6년 만에 겨우 대학을 졸업한 나는 그때서야 나의 진로를 돌아보기 시작했다. 저널리스트가 되어보고 싶다는 생각을 한동안 했었지만, 이미 언론사 시험 볼 나이를 지나버린 나는 (당시는 기자 시험에 나이 제한이 있었다) 내가 앞으로 무엇을 하고 살아야 할지 막막했다.

그러던 중, 어린시절부터 내가 좋아했던, 꼭 해보고 싶었던 일을 이제는 하고 싶었다. 아니, 그렇게 해야 내가 제대로 살 수 있을 것 같다는 생각이 서서히 마음속에 피어오르기 시작했다.

동네를 종횡무진 뛰어다니던 개구쟁이 시절부터 막연히 나는 예술가가 될 것이라고 느꼈다. 그쪽 일을 하지 않기에는 내 감수성이 너무 풍부했고, 오감이 예민했다.

예민한 아이는 아홉 살에 비혼주의를 선언했으며, 사춘기도 거의 10년을 앓았고, 내 방 벽 전체에 시를 써 놓아 여러 번 도배를 새로 해야했으며, 락 음악에 심취해서 헤비메탈, 프로그레시브 락에 빠져 살았다. '아침에 레드 제플린을 들으며 일어나고 저녁에 딥 퍼플을 들으며 잠든다'가 내 학창 시절 모토였다. 지금도 헤비메탈을 들으면 마음이 편안해진다.

하지만, 20대 후반에 새로운 길을 시작한다는 것은 쉽지 않았다. 많은 나날을 고민하고, 생각하고 또 생각했다. 두려웠다.

어느 날. 딱 결심이 떠올랐다. "이제는 나의 길을 가야겠다."

좌고우면은 오래 하지만 일단 결정하면 그냥 돌풍처럼 밀고 나가는 성격인 나는 그 길로 한 달에 걸쳐 부모님을 설득하곤 한양대 연극영화과에 3학년으로 편입했다.

배우가 될 생각이었다. 나는 정말 열심히 공부했고, 크고 작은 공연과 영화전공 학생들의 단편영화에 참여했으며, 이전 대학에서 '징계 종합선물 세트'를 받았던 것과는 달리, 성적우수

장학금까지 받고는 나도 깜짝 놀랐다.

그렇게 연극과 영화의 세계를 접해 들어가면서, 점차로 나는 배우라는 작품 속의 한 역할보다는 작품 전체를 통일적으로 바라보는 연출 쪽이 내게 더 맞으며, 연극도 매력이 있지만 무수한 시공간을 넘나드는 영화라는 매체에 더 끌린다는 것을 알게 되었다. 그건 나의 핵심에 도달하는 과정이었다.

편입 2년째인 4학년 초, 나는 영화 쪽으로 전공을 바꾸고, 당시 군대에서 막 복학한 86학번 남학생 다섯 명과 한 팀을 이루어, 서로의 연출작에 농삿일 두레처럼 스탭으로 돌아가며 서로 도와주면서 1년 내내 졸업영화 작업을 함께 하기로 '도원결의'를 맺었다.

드디어 각자가 공들여 쓴 시나리오와 캐스팅, 로케이션 헌팅의 준비를 모두 끝내고 팀원 중 한 친구(지금은 영화감독인 S)가 몰고 온 낡은 봉고차를 타고 첫 촬영에 나서는 날.

오전 촬영을 끝내고 너저분한 도랑 앞 먼지 나는 흙길에 나그네처럼 여기저기 주저앉아 땟국 흐르는 손으로 김밥을 우적우적 먹으면서 마음속에 "그래, 바로 이거야!" 하는 생각이 들었다. 내가 원하던 삶은 바로 이런 것이었다.

내 영혼은 영화, 그 중에서도 가장 좋은 현장에서의 촬영이 안겨다주는 자유의 느낌으로 그보다 더 좋을 수 없었다.

내가 평생 한 일 중 제일 잘한 일이 뭐냐고 묻는다면, 영화를 하기로 결정한 것이라고 자신있게 말할 수 있다. 아직은 첫 영화 이후 두 번째 장편을 만들기 위해 무수히 시도를 멈추지 않고 있는 무명 감독일 뿐이지만 나는 개의치 않는다. 천만 명을 넘기고 돈을 벌어야만 '성공' 했다고 알아주는 세상은 그렇게 돌아가든 말든 나는 계속해서 나의 길을 갈 것이다.

나에게는 6, 70년대의 유소년기와 80년대의 직접 돌과 화염병, 최루탄이 교차되는 심장 뛰는 체험들로 채워졌던 경험들이 기억과 함께 가슴에 새겨져 있다. 거기서 많은 이야기들을 끄집어내고 풀어내고 싶다. 내가 태어나기 전 시절의 감추어진, 꼭 다루고 싶은 역사 속 소재들이 있다. 그리고 30대의 이국땅에서의 경험들, 2021년 현재에 대한 관심과 앞으로의 세상에 다가올 디지털과 과학기술의 발달, SF와 같은 미래 세계를 연구하는 면이 모두 있다. 이것들을 이야기로 작품화하여 하나씩 풀어내면서 갈 생각이다.

나이나 속도는 나에게 중요하지 않다.

그건 아마 80이 넘어서도 아직 현직에서 뛰면서 하루도 연구개발을 놓지 않고 계시는, 의지의 화신이자 나의 인생의 스승과도 같은 엄마에게 배운 삶의 방식이자 태도이며,

국민학교 2학년이 학력의 전부였지만 평생 글을 쓰셨고 결국 글을 책으로 내라는 숙제를 남기고 가신 외할머니가 물려주신 DNA 때문이 아닐까 라고 생각한다.

오늘도 또 한 걸음을 뗀다. 나는 멈추지 않는다.
나는 푸르고 붉은 바다에 언제까지나 쉬지 않고 닻을 제거하고 모험의 돛을 올리는 신밧드, 오딧세우스이니까.

−2021년 〈문학 秀〉 제9회 신인문학상 수상작품

**촤르륵~ 카메라 돌아가는 소리가 제일 좋다**

# 3대의 글을 마치며

2대  양원숙

# 잠이 오지 않는
# 밤에

어릴 적 많은 숙제를 다 못했을 때 걱정하느라 잠을 설치던 기억이 있다. 숙제를 다 해놓고 후련했던 경험은 누구에게나 있을 것이다.

나는 엄마의 자서전을 마무리하면서 어릴 적 많은 방학 숙제를 다 해놓고 개학을 기다리는 홀가분한 마음으로 기분이 너무너무 좋다.

내가 팔순의 고개를 넘으면서 가깝게 지내는 동창생 혹은 오래 같은 교육계에서 함께 걸어오던 교우들이 주변에서 하나둘씩 몸이 아프거나 다치거나 병원에 있거나 혹은 하늘나라로 갈 때, 아! 우리들도 나이를 먹었구나… 엄마가 나에게 자서전을 내 달라고 거듭 부탁하던 그때 그 연세가 지금 내가 엄마의 부탁을 실현하려고 자서전을 펴내는 작업을 하는 현재 나이와 같음에 괜스레 슬퍼지고 세월이 안타깝다.

어려움 속에서 고생을 고생으로 생각하지 않고 내가 하는 교육 사업에 창의력과 아이디어를 창출하고 유아 교육계에서 남보다 많은 상을 받아 강당과 교무실 복도에 자랑스럽게 걸어 놓을 수 있게 된 것도 엄마가 내 어릴 적 동화 속 나라에서 정서적 풍요를 주신 양육 덕분이라고 살아오면서 느끼곤 한다.

이 나이에도 현직에서 천진한 아이들과 직접 소통하며 나이를 잊고 산다. 생각이 젊고 몸이 건강하게 사는 비결을 주변에서 묻곤 한다.

나는 생각해 본다.
TV에서 102세 되시는 김형석 교수님의 모습을 보면서…
〈100세를 살다보니〉 강의를 들으면서…

나는 어릴 적 우리 엄마로부터 유아기를 행복하고 풍요롭게 호기심을 충족하면서 자랐다고 생각한다. 내 국민학교 교단생활 17년 중, 1학년 담임을 10여 년 하면서 느낀 점을 글로 쓴 적이 있다. 아이들에게 인성교육을 하려고 하니 그때는 이미 늦어, 형성된 인성을 다시 수정하기가 더 힘들어 1학년 내내 1년이 걸려도 고치기가 힘들었다는 사실을 매번 경험하면서, 더 어릴 때 형성시켰어야 했었다는 사실도 절실히 느꼈다.

내가 8살에 학교 가기 전 어릴 때, 밤마다 엄마의 동화 이야

3대의 글을 마치며

기, 전래동화, 세계명작동화, 창작동화 (우리가 꾸민 이야기) 등으로 어린 시절을 보냈다는 것은 현재 유치원 교육 3년이 인성 형성의 적기인 것과도 맞닿는다는 것을 깨닫게 되었다.

이제 나이 먹고 자식들이 다 성장해서 주변 친구들을 보면 부부만 둘이 살거나 아니면 혼자 산다. 100세 시대가 올 줄은 젊어서 전혀 상상도 못 했던 것이 현실이 되었다. 노년기가 이렇게 길 줄 알았으면 직장을 놓지 말 것을, 정년퇴임이라는 틀 이전에 친구들은 50대에 거의 교직을 퇴임했다. 오로지 동창 친구 중 두어 명이 현직에서 나이를 잊고 산다. 나 이외 한 명은 의사로서 요양병원의 담당의로 일하고 있다.

나는 일이 있으니 아침이 되면 서둘러 준비하고 내 직장으로 향한다. 귀여운 손자 손녀 같은 아이들 속에 묻힌다. 그래서 나는 참 행복하다.

더 행복하고 만족한 것은 아이들은 내가 원하는 대로 바른 행동과 태도를 몸에 익히고 있다. 그것이 좋은 습관으로 형성되고 습관이 행동으로 나타나고 그 행동이 몸에 배어 좋은 인성이 형성되고 인격이 완성되어 마치 두꺼운 동아줄이 만들어져서 아무도 풀 수 없는 자기 인생의 기초를 만들어가는 것을 45년째 졸업생들을 보면서 정답을 얻는다.

인격이 어릴 때 완성되면 각자의 분야에서 자기 일생을 멋지게 살 수 있다는 것을 일만 이천여 명 (12,000명)의 졸업생들을 보면서, 졸업생 부모님의 말씀을 들으면서, 성취감에 행복을 먹고 산다.

주변에서 나에게 일하면서 어떤 양육방법으로 그렇게 딸 4명을 다 각 분야에서 성공시킬 수 있었는지 비결을 말해달라 또는 강의를 해달라는 청을 받기도 했다. 유치원 어머니 교실을 통해, 또는 지방으로도 가서 강의도 했고 서울에서도, 교대 연수원에도 강사로 7년간 뛰어다녔다. (유치원교사 상급 자격 취득을 위한 연수)

이 모든 것들은 내가 어릴 적 엄마의 양육태도와 할아버님의 교육적 가르침, 할머니의 넘치는 사랑이 오늘의 나를 유머와 매사 긍정적인 성격을 갖게 하고 남을 가르칠 수 있는 능력을 키워준 것이라 생각한다.
이런 성격 덕분인지 내 인생에서 사춘기, 갱년기를 잊은 채 오늘에 와있다.

여유 있는 성격은 내 아이들에게 공부해라, 숙제했니? 준비물 챙겼니? 의 단어를 쓰지 않게 되었고, 공부 공부하지 않고 너의 능력껏 해라, 공부가 다는 아니다, 자기 일은 스스로 하게

끔 했고 좋은 습관을 길러주며 편안하게 해주었다는 점이다.

늘 아이 4명을 데리고 우리 부부와 6명의 식구가 거의 주말마다 현장학습을 다녔다. 등산, 여행, 당일치기, 1박 2일, 방학 때는 3박, 5박도 다녔다. 여행 갈 때가 되면 온 식구가 함께 계획 세우기, 각자의 준비물 챙기기, 다니면서 짧게 메모하기, 실천 후 모두가 한자리에 모여 자연스럽게 평가하기를 꼭 했다.

아이들이 커서 나에게 말했다. "계획 세우기, 준비하기, 실천하기, 평가하기를 어려서 각자 스스로 경험한 것이 학급 일을 맡아 할 때, 대학 가서는 연구 써클, 동아리 등을 이끌 때, 성인이 돼서는 자기 계획을 세울 때 큰 도움이 되었다"고 한다.

이런 기반을 바탕으로 자기가 하고 싶은 분야를 첫째 딸은 의사가 되고 싶었고, 둘째는 영화감독이 되고 싶었고, 셋째는 법조계로 나가고 싶었고, 넷째는 엄마가 가는 길인 유아교육의 전공자가 되고 싶었단다.

지금은 각자 하고자 했던 전문분야에서 자기가 하고 싶은 일들을 잘하고 있다.

특별히 외할머니 손이 더 가서 키운 둘째는 자기가 문학적 예술적 감각이 싹튼 것이 어릴 적 외할머니가 매일 밤 들려주신 동화 속에서 키운 영향이 크다고 말한다.

그동안 어머니의 자서전을 마치고 3대가 살아온 이야기를 쓰면서 시작이 반이란 말이 실감 난다. 까마득하게 느껴졌던 긴 터널이 앞이 훤하게 보이며 어둠이 뒤로 물러가는 듯한 움직임을 본다.

그래! 영원한 터널은 없어.
어머니! 딸이 어머니의 소원을 풀어드렸습니다. 어머니의 웃는 모습이 그려집니다.
하느님, 큰 작업을 끝내도록 용기를 주셔서 감사합니다.

추천사

———

김우종
문학평론가

# 오늘의 역사를 이룩한
# 여성 3대의 증언

## 엄마의 붉은 바다가 의미하는 것

『엄마의 붉은 바다』는 최정숙, 양원숙, 이영미 3대가 이어 쓴 전기傳記다. 3대가 함께 살며 가족이 이야기를 전개시켜 나가는 중심축이 되고 있어서 가족사라 말할 수 있지만 그것은 가족 안에 갇힌 이야기만은 아니다. 1세대는 가족의 울타리 안에 갇힌 희생자이지만 2세대 3세대는 이 울타리 안의 모순에 저항하며 우리가 다 함께 살아가는 넓은 세상의 밖을 보고 미래를 보고 있다.

이들은 직계 가족인데 성씨가 모두 다르다. 핏줄이 곧바로 이어진 직계인데 성씨가 이렇게 갈라진 것은 남존여비 시대를 살면서 성씨를 빼앗겼기 때문이다. 딸은 시집가면 출가외인이니 이때부터는 고향집으로 되돌아와도 설움 받는 타인이었다.

성씨를 잃는다는 것은 일제 치하의 창씨개명과 의미가 같다. 한국인이 한국인으로서 우리말과 문자를 쓰며 살던 기본적 주권을 박탈당하는 것이 창씨개명이었듯이 여성이 자기 성씨를 빼앗긴 것은 곧 남성에의 예속을 의미한다. 그런 의미에서 이 책은 직계 3대의 저자들이 최씨 양씨 이씨로 남의 식구처럼 되어 있다는 점에서 주제의 방향을 암시하는 셈이다.

이 저자들은 그렇게 타인들 형태지만 서로 독립된 3개의 전기집이 아니라 서로 원인이 되고 결과가 되며 역사적 필연성으로 하나의 전기가 되고 있다.

그리고 이것은 한국 근현대사의 역사적 배경 속에서 한국 사회의 가장 전형적인 남녀 문제를 제시하고 있고, 지극히 바람직한 극복의 방향을 실증적으로 보여주고 있기 때문에 우리 모두가 자랑스럽게 그려보고 싶은 감동적인 '한국 여성사'가 될 수 있다.

제1대 최정숙은 한국 근대사의 초기 단계라는 시대적 배경 속에서 태어난 인물이다. 이 분의 일생은 누구보다도 전형적인 한국 여성의 삶이다. 사람은 양반 쌍놈 밑바닥 종년들까지 계급에 따라 기본적으로 다를 수 밖에 없는 일생을 살아갔지만 그 중에서 여성은 양반 계급이라도 남성 권위주의의 피해자로 살았고 때로는 여성 자신들의 악습으로 피해자가 되었다. 이것이 최정숙의 삶이다.

제2대 양원숙은 최정숙의 딸이다. 어미가 그런 피해자였으면 그 환경 조건은 필연적으로 딸에게도 전해졌을 터인데 딸은 그

운명을 그대로 수용하지 않고 맞섰다.

'불휘 깊은 나무는 곳 됴쿄 여름 하나니'라 했으니 뿌리가 깊으려면 바위나 자갈밭은 아니어야 하므로 그의 미래상은 비관적일 수밖에 없었는데 양원숙은 그런 상식과 통념을 깨버리고 있다.

제3대 이영미는 양원숙의 딸이다. 이영미는 할머니와 어머니의 유전자를 이어받으면서 해방 후 군부독재시대를 거치는 동안 더욱 긍정적인 방향으로 발전하며 한국 여성의 빛나는 모습을 약속하고 있다.

척박한 땅에 떨어진 열매는 말라 죽고 밟혀 죽고 새가 삼켜버려 죽으리라는 것이 일반론이다. 이 전기는 그처럼 척박한 땅에 떨어진 불운의 씨앗으로 시작되기 때문에 이것이 서론이라면 원인과 결과의 필연성에 따라서 다음 본론과 결론도 그렇게 되리라 짐작할 수 있는데 예상이 뒤집혀져 있다. 그 이유가 무엇일까?

이 질문에 대한 답이 이 전설적인 이야기가 들려주는 의미이며 문학적 표현으로는 이 전기의 주제다. 그리고 그것은 인간은 어떻게 살아야 하고 무엇으로 살아야 하느냐 하는 근원적 철학적 사상의 정립을 전제로 하는 주제다.

3대의 이야기라면 일찍이 채만식의 『태평천하』(1938년 '조광' 연재, 『천하태평춘』)나 염상섭의 『3대』(1931년 조선일보)에서

추천사

도 재미있게 읽을 수 있다.

이들은 소설이고 픽션이기 때문에 더 인위적으로 작가가 원하는 주제를 설정하고 이를 위해 가장 적절한 인물과 사건과 배경을 선택할 수 있다. 그런데『엄마의 붉은 바다』는 사실만을 전하는 장르이기 때문에 주제와 인물과 사건과 배경에서 꼼짝없이 제한을 받는다.

그런데도 어떤 의미에서는 이 전기가 더 소설적이다.

첫째로, 이 전기는 식민지 시대에서 해방 후 이승만과 군부 유신독재시대 그리고 지금까지 더 광역화해서 시간과 공간적 배경을 확실하게 설정하고 있다.

둘째, 우리가 극복해야 할 고난의 지혜와 철학, 그리고 가야 할 미래에 대한 신념을 실증을 통해서 제시하고 있다.

셋째, 그 주제를 위한 사건과 인물이 매우 적절하다. 이를 적절한 인물 설정이라 하면 소설작법이 되지만 그런 허구적 설정이 아닌 실제적 사실인데도 허구적 설정처럼 적절하다.

넷째, 공저자인 세 인물이 모두 여성이고, 마지막 손자 세대 4명이 모두 여성이고 남성들은 인위적으로 배제하지 않은 상태에서 자연스럽게 떨어져 나가고 이야기가 주제에 맞도록 전개되고 있어서 매우 흥미롭다. 남성 권위주의에 대한 비판에 필요한 인물 설정이 저절로 나타나고 있다.

마지막 세대인 이영미가 마침내 관악캠퍼스 아크로폴리스 광장의 단상에 올라가 절규하는 모습까지가 모두 실화이고 감동적인 주제를 극명하게 전하고 있어서 호소력이 강한 전기가 된다.

우리의 소설사에서 3대를 말하는 대표작은 염상섭의 〈삼대〉(1931년 조선일보)와 채만식의 〈태평천하〉(1938년 '조광')가 있지만 이 작품들은 소설로서의 흥미는 강해도 이 전기처럼 해방 후까지 한국 근현대사 속의 주요 문제를 드러내고 고무적인 역사적 방향을 제시한 것은 아니다.


## 최정숙의 슬픈 유산

제1대 최정숙의 어린 시절 한 때는 행복했던 것 같다.

아흔 아홉칸이 아니라도 대궐같이 큰 집이었는데 집 앞의 논과 밭이 아스라이 펼쳐져 있었다.

집 뒤로는 밤나무와 감나무가 빽빽이 들어서 있고, 앞마당에는 황도 복숭아와 앵두 살구나무와 사과나무가 있었다.

봄이 오면 연분홍 꽃들이 화사하게 피고 가을이면 온갖 과일들이 주렁주렁 열려 풍성하게 수확을 하곤 했다.

최정숙이 강화도에서 살던 집이 어린 시절 한 때는 이렇게 크고 좋았는데 갑자기 대들보와 용마루가 기우는 가문이 된다. 일제 식민지 시대의 고위 공직자 집인데 기울고 내려앉는 집을 받처 들 만한 재주는 없었던 것 같다.

최정숙은 열 살 되기 전에 할머니를 잃고 어머니와 어린 동생마저 잃고 큰 충격에 빠지는데 아버지는 그런 어린 딸을 자상하게 보살펴 준 인물이 아니다. 세 식구를 단시간에 잃고 공황상태에 빠진 최정숙에게는 다시 혹독한 운명이 기다린다. 계모의 학대다. 아버지가 새 장가를 들어서 나타난 계모다. 이 계모는 콩쥐팥쥐, 장화 홍련전, 김소월의 접동새 그리고 신데렐라와 백설공주처럼 세계 어디서나 옛부터 있어 온 나쁜 계모로서 최정숙은 미운 오리새끼가 된다. 자식이 새 엄마로부터 학대받는 것을 알면서도 어린 자식의 고통을 거의 방치하는 아버지의 모습 역시 장화 홍련전의 아버지와 비슷하다.

이런 계모 학대 때문에 최정숙은 마침내 어린 동생을 데리고 가출한다. 장화가 가출해서 호수에 빠져 죽고 홍련이 그 뒤를 따르는 것과 정도의 차이만 있을 뿐 비슷하다. 처음에는 동생과 함께 고모네 집으로 도망가고 다음에는 이모네로 가출했다가 돌아온다. 그 후 국민학교 2학년 중퇴다. 여자가 공부하면 뭘 하느냐는 새 엄마의 주장에 아버지도 따른 것이다. 그래서 학력이 국민학교 2년 중퇴로 끝나버린다.

이것은 세 가지의 문제를 가리킨다. 여자가 공부해서 뭘 하느냐는 주장은 새 어미가 한 주장이고, 이것은 핏줄이 다른 자식은 버리거나 잡아먹기도 하는 동물 일반의 종족 유지 본능을 그대로 드러낸 것이다. 둘째로 이런 계모의 주장은 원래 남자의 권위주의가 만든 것이니 이것이 부당하게 최정숙을 슬프게 만든 원인이다. 셋째로 여자가 공부해서 뭘 하느냐는 주장은 계모 자신이 한 것이기 때문에 자신도 여자로서 못 배운 화풀이를 같은 여자에게 한 것이고, 이것은 시어미에게 구박받고 개 옆구리 차듯 잘못된 화풀이이며 여성 자신이 여성을 부정하며 그것으로 대리보상을 받는 뒤틀린 열등의식과 새디즘이라는 해석이 가능하다.

오랜 세월 이어온 이 남성 권위주의와 여성 자신의 미개한 노예 의식은 이 나라가 식민지화되고 근대적 개화사상이 전해진 지 20여 년이 되는 시기에 여전히 최정숙에게 가혹한 운명을 안겨주고 있다.

이런 불행은 친가에서 일찍이 16세에 시집보내지는 결과로 이어지고, 다음은 시가의 악운이 기다리고 있다.

시가의 불행은 시어미의 구박이다. 밥상을 일곱 번 다시 차려서 시어미에게 바치는 일까지 겪는 구박이 첫 번째다. 술 중독자가 되어서 부리는 행패도 그렇다.

또 하나는 시어미의 병적인 질투심과 박탈 의식의 피해다. 시어미가 신혼부부의 신방에서 밤이 늦고 졸음이 와도 나가지 않고 버티는 것이 그렇다. 그래서 잠잘 때도 항상 시어미가 끼어 있기 때문에 최정숙은 부부생활의 행복을 박탈당하고 있다. 자식을 결혼시켜 신방을 꾸려주고도 자식을 남에게 빼앗겼다고 생각하는 고약한 질투심이다.

또 시어미는 신혼 초기부터 아들에게 첩을 얻으라고 권한다. 최정숙보다 더 좋은 여자를 구하라는 것이다. 남편이 만주에 가서 사업하며 첩살림을 시작한 것은 남성 자신의 전통적인 인습 탓도 있지만 시어미가 이렇게 부추긴 것이 첫째 원인이다. 이것은 시어미가 며느리에게 어떤 인격적 권리도 인정하지 않는 가학행위다.

8·15 해방이 되자 남편은 재산도 챙기지 못하고 귀국해서 서울에 머문다. 첩과 딸을 데리고 사는 딴 살림이다. 최정숙은 남편이 있는 서울 집으로 찾아가지만 머리를 잡아채며 사납게 달려든 첩을 이기지 못하고 인천의 제집으로 쫓겨 온다.

이런 불행은 여자에게만 정조가 강요되고 정조를 잃으면 스스로 목을 따서 죽든지 심장을 찍고 죽도록 은장도 자살을 미화하는 한 편, 사내 대장부는 외도를 해도 봐준다는 특권의식의 산물이다. 또 이것은 고부간의 관계를 지배와 피지배 관계로 여기는 인격적 불평등주의 때문이다.

이런 원인으로 만들어진 두 집 살림은 양쪽에 다 같이 가난의 고통을 가져온다. 그래서 첩이 제 자식까지 버리고 도망가자 남편은 본처에게 돌아오지만 그 동안 남편을 잃고 청상과부로 살아오고 몇 푼 보내는 생활비는 시어미만 만졌고 그 밑에서 구박만 받았으니 최정숙의 삶은 통째로 빼앗기고 짓밟혀 원통했던 것 빼면 별로 남은 것이 없는 삶으로 나타나고 있다.

## 양원숙의 도전

그런데 이런 이야기는 다음 양원숙 세대에서부터는 달라진다. 그것은 양원숙 자신의 강인한 정신력이 만들어 나가는 것이지만 어머니 최정숙이 있었기 때문에 그런 삶이 그려졌다는 원인론을 부정할 수 없다.

우리가 부모로부터 받는 유산은 저금통장이나 집문서 땅문서다. 그렇지만 가난이나 불행도 부정적인 것만은 아니다. 부모의 유산은 그것을 어떻게 받아들이느냐는 수용자의 의식에 따라서 흥진비래興盡悲來가 될 수도 있고 고진감래苦盡甘來가 될 수도 있다.

2세대인 양원숙이 물려받은 세 가지의 유산은 가난과 남성 권위주의 모순에 의한 여성의 설움과 뜨거운 향학열이다. 양원숙이 가난을 물려 받은 것은 확실하게 기록으로 나타나 있고 남성 권위주의의 모순에 대한 저항정신과 향학열은 양원숙이 직접 그렇다고 언급하지 않아도 독자로서의 판단으로는 그렇게 나타난다. 그리고 이것은 제3대 이영미에게서는 더욱 분명히 나타나고 있다.

양원숙은 소녀 시절에 6·25 전쟁을 겪으며 소녀 가장이 되기 시작한다. 적 치하에서 아버지가 자전거 타고 서울 갔다가 납북되어 돌아오지 않고, 오빠가 미군부대를 따라서 집을 떠나자 어머니 최정숙과 할아버지 할머니만 남게 되고 양원숙은 소

추천사

녀 가장이 된다. 가장이면 여성이 가정의 주체가 된 셈이지만 이것은 남성 권위주의에 대한 도전으로 빼앗은 자리는 아니다. 남자들이 비운 자리를 이은 것인데 이때부터 현재까지 살아 온 과정은 여성이 오히려 남성보다 더 확고한 책임의식으로 가정을 지키는 주체가 되었음을 입증한다. 그리고 이것이 전쟁 때부터 시작된 것이므로 수많은 민족적 고난의 역사 속에서 가정을 지키고 민족을 지켜 온 주체가 여성이라는 말도 과장만은 아님을 보여 주고 있다.

양원숙은 소녀 가장으로서 인천 시장 바닥의 좌판 장수가 된다. 중학생으로서 방과 후에 손님이 찾아 온 것도 모르고 읽고 쓰고 있다가 옆의 친구가 일러 줘서 아는 일들이 있지만 그처럼 열심히 공부하는 고학생의 모습 때문에 일부러 많이 팔아주는 단골이 생긴다.

친구들과 함께 다섯 명이 모두 어려운 전쟁 시기를 겪지만 저 혼자 사범학교 진학에 성공하고 마침내 초등학교 교사가 되는 것은 강인한 도전정신없이는 가능하지 않은 일이다.

그 후 양원숙은 자신의 네 딸과 어머니까지 '다섯 딸'의 가장이 된다. 혼자 남은 어머니에게 27평짜리 아파트를 사 드리고 모든 살림을 봐주게 되면서 우스갯소리로 어머니까지 해서 다섯 딸이라 했다. 그리고 이렇게 이사 다니고 집 걱정을 해결해 나간 것은 자기 이름으로 등록되어 있던 아파트를 팔아먹은 손주 세대를 비롯해서 남자들이 없거나 역할을 못했거나 사고를

첫기 때문이다. 초등학교 선생이 아무리 안정적인 직업이라 해
도 그 많은 식구들의 경제문제를 어떻게 해결해 나갈 수 있었는
지 참으로 놀랍다. 그리고 그처럼 나눠 준 것과, 함께 사랑하며
살아간 공생공존의식이 감동적이다. 그럼으로써 양원숙은 어머
니의 한을 풀어 드리고 남성들이 비우거나 못하거나 실패한 자
리에서 여성이 얼마나 큰 존재인지 그 확실한 실력을 실증해 주
고 있다.

이것은 가정 경제 면에서만이 아니다. 양원숙이 초등학교 교
사 생활 중 1학년 담임을 많이 한 것은 인성교육의 적기가 유년
기임을 알고 그것이 이 사회의 바람직한 인재 육성을 위해 가장
주요한 단계임을 인식했기 때문이다. 그래서 퇴직 후에 유치원
을 성공적으로 운영하며 오늘에 이르고 있다. 그리고 이렇게 교
육에 힘써온 동기는 어머니가 계모와 남성 권위주의의 횡포 때
문에 배우지 못했던 한을 우리의 사회적인 문제로 심각하게 인
식했기 때문일 것이다.


## 이영미가 지향하는 우리들의 세계

이 전기는 3세대가 이어 쓴 가족사지만 양원숙의 향학열과
교육의 이념은 가정의 울타리를 넘어서 밖을 향하고 있다. 그리
고 이것은 제1대 최정숙 때부터 잉태되어 있던 것이다.

여자가 배워서 뭘 하느냐는 잘못된 의식을 계모와 아버지가 함께 공유하며 그것이 지닌 횡포의 심각성을 최정숙에게 심어 주고 그녀로 하여금 이것을 다음 세대에게 전한 이야기 형태가 콩쥐 팥쥐 장화 홍련전 등이다. 양원숙은 어머니로부터 이것을 들으며 자랐고 이영미도 할머니로부터 이것을 들으며 자랐다. 그리고 이 이야기들은 가정문제지만 신데렐라 백설공주 기타 많은 계모소설처럼 보편적 다수의 이야기이고 교육으로 치유해야 할 사회문제다.

그러므로 이런 사회문제로서의 인식은 이미 최정숙 할머니 때부터 잉태되고 양원숙 세대에 크게 자라고 손녀시대에는 여성이 우리 사회의 민주화를 외치는 자리에서 앞장서는 이야기까지 발전한 것이다.

양원숙은 딸이 소위 운동권 학생 중에서도 주모자로서 배상금까지 걸린 수배자가 되자 형사들의 눈을 가리고 김치통을 전하고 생활비를 전하며 애태우고 있었나 보다.

그러던 어느날 서울대 관악캠퍼스의 행정동 앞 아크로폴리스 광장에 딸이 나타난다. 단상에서 딸은 이렇게 외친다.

"군부독재 물러가라! 물러가라! 물러가라!"

이것은 들라크루아의 명화 'Liberty Leading the Peaple'의 잔 다르크를 연상시킨다.

여기까지 가면 이것은 울타리 안에서 비비적거리는 여자들의 가족사가 아니다. 외곽이 민주화운동사로까지 뻗고 있다. 이 때문에 주인공은 졸업이 늦고, 이 꼬리표 때문에 국내에서는 운신이 어려워져 외국 유학하며 더 멀고 높은 하늘에서 세계를 바라보는 새가 되어 있는 것 같다.

어릴 적 가난에 감사해야 한다.
영원한 터널은 없다.
고난과 역경은
도전의 정신을 주기 때문에
어찌 보면 풍요보다 더 좋은 것일 수 있다.

양원숙이 여기서 말하는 '풍요보다 더 좋은 것'이 무엇일까. 전 재산을 쏟아부어 유아교육에 힘 쓰고 많은 사람들이 칭송하는 그 공적도 '풍요보다 좋은 것'이지만 아크로폴리스 광장에서 그렇게 외치고 스스로 고문실로 끌려갔었을 따님이 영화 작품으로 말해줄 우리 시대의 아픈 이야기들이 '풍요보다 더 좋은 것' '더 값진 것'이리라 믿어도 좋을 것이다.

전기는 예술 장르가 아니므로 예술성을 논할 자리가 아닌 대신에 사실의 증언으로서 중요한 역사적 가치를 지닌다. 이 전기는 가족사이고 개인사이지만 등장인물과 사건을 통해서 일제하의 부끄러운 시대에서 오늘의 민주 사회가 성취될 때까지 여성들이 얼마나 많은 시련과 극복의 파고波高를 헤치고 역사의 주역으로 우뚝 서 왔는지를 말해 주는 빛나는 기록이다.

추천사

Red sea of Mother

# 엄마의 붉은 바다

초판발행   2021년 8월 7일
지 은 이   최정숙, 양원숙, 이영미
펴 낸 이   노용제
펴 낸 곳   정은출판
등록번호   신고 제301-2011-008호(2004. 10. 27)
주     소   04558 서울시 중구 창경궁로1길 29. 3F
전     화   02)-2272-8807, 02)-2272-9280
팩     스   02)-2277-1350
홈페이지   www.je-books.com
전자우편   rossjw@hanmail.net
I S B N   978-89-5824-432-5 (03810)